匠记

如何更真实地生活

〔美〕尼娜·麦克劳林⊙著
杰西赵⊙译

九州出版社
JIUZHOUPRESS

生 活

比 一 块 2×4 的 木 板

更 加 宽 容

序言　变形记

我们想要把自己塑造成什么样子？这个问题时常在我脑海中回荡。

如果工作了一段时间后——比如七年——才想明白这个问题，要怎样去重建自己的生活呢？在奥维德的《变形记》中，众神是主宰变化的主体，他们不断地“赋予又夺走物体的外形”，人类被变成猫头鹰、熊、马、蝾螈、石头、鸟和树。但那毕竟是神话，在生活中没有神灵指引我们，也没有变形咒语，我们怎样才能变成不同以往的自己呢？

大学毕业后我进入记者行业，在屏幕前工作了七年之后，我渴望做些能够带来有形成果的工作。对我来说，“做办公桌”比“坐办公桌”更让我兴奋。

我以前是个记者。现在，我是个木匠。

这种变形就好像厨房翻新一样，刚开始的时候是一通猛击，快刀斩乱麻，接近尾声的时候又放慢速度，精雕细琢。

在《变形记》中，凡人被众神变形的原因不外乎惩罚与挽救。而我从记者变成木匠，既不是惩罚也不是挽救。这是始料未及的转变，也是我对自己的一次重塑。

我现在的老板玛丽是一个木匠,她引领我入了行。我一次又一次地观察，看着一个东西变成了另一样东西——木板变成了书架或者桌子，这些变化真的很微妙，让我着迷。对于一个人而言，是否也会在不知不觉中变成不同的模样呢？正如奥维德所言 :“自出发起，我们就注定开始重塑，一个东西变成与从前不同的模样。”

这本书讲述了我从记者变形为木匠的故事，其中充满恐惧、痛苦、磨炼，也有惊喜、温馨、成长，现在的我很幸福。

目录

木匠格言

01. 重复性的任务、毫无意义的时间堆叠累积咀嚼了你的灵魂，爬进你大脑的缝隙之中。

02. 我渴望离开屏幕，离开这间互联网的回音室。我想要和现实关联更多的东西。

03. “做办公桌”比“坐办公桌”更让我兴奋。

04. 每一块瓷砖都有自己的位置。

05. 观察一个知道如何使用工具的人，感受操作工具时的技巧和漫不经心是非常令人着迷的事。

06. 我一次又一次地观察，看着一个东西变成了另一样东西——木板变成了书架或者桌子，这些变化真的很微妙，让我着迷。

第二章

锤子：

你永远不知道
你会找到什么

木匠格言

07. 锤子如此简单，种类却又如此之多。不过是一块铁插在一根木头的一端，但变化无穷。

08. 一般来说，每隔十六英寸就能找到一根立柱。虽然有几百万个理由可以不这么做，但这就是规矩。

09. 在开始的阶段，木匠的工作就好像是让我来到了一个陌生的城市。

10. 你并不糟糕，你只是需要上百次的练习。

11. 我们的骨头知道下一级台阶应该在哪里——重要的是台阶能够不负所望。

12. 成为你做的工作。

木匠格言

13. 对于木匠活而言，没有退格键，没有撤销键。

14. 最重要的事情是知道什么时候停下来。

15. 很大一部分木匠活就是找出弥补错误的办法。

16. 技术、耐心、力量、即便这些都具备了，还是不能保证成功。

17. 墙壁带来的持久、力量和控制感是在我意料之外的，但我却格外喜欢。

18. 当你的手指抚摸着一块原木、一把木制搅拌勺或一块楼梯扶手的时候，你能感觉到来自自然的颤动，来自熟悉事物的温度，以及“它属于土地”的微弱哼鸣。

木匠格言

19. 你做得越多，能做完的就越多。

20. 我所需要的就是肌肉、耐心，以及势在必得的意念。

21. 仅仅需要一点努力，木头就可以变得如此柔软。

22. 一开始什么都没有，然后这里有了橱柜。

23. 工作刚开始的时候经常会有我们预料不到的东西，这和木匠接受的训练和专业技能几乎毫无关系。

24. 两次测量，一次切割。当我们开始第一步的时候，要做好计划，要测量精确，要避免浪费时间、金钱和材料。

第×一×章

卷尺

带来严峻挑战的第一个工具

每一次测量都有意义，
每一次切割都有意义。
它是重复的，的确如
此，但它并不无聊。

木匠格言

01. 重复性的任务、毫无意义的时间堆叠累积咀嚼了你的灵魂，爬进你大脑的缝隙之中。

02. 我渴望离开屏幕，离开这间互联网的回音室。我想要和现实关联更多的东西。

03. “做办公桌”比“坐办公桌”更让我兴奋。

04. 每一块瓷砖都有自己的位置。

05. 观察一个知道如何使用工具的人，感受操作工具时的技巧和漫不经心是非常令人着迷的事。

06. 我一次又一次地观察，看着一个东西变成了另一样东西——木板变成了书架或者桌子，这些变化真的很微妙，让我着迷。

升职后依然不开心

有七年的时间，我每天都要步行经过哈佛大桥。早晨经过时，太阳在我左肩的位置；傍晚时，能看到夕阳映红整片天空。

我太喜欢这座桥了，喜欢它向前延伸的样子，它是查尔斯河上跨度最长的一座桥。

1958 年，麻省理工学院一个兄弟会的准会员奥利弗·斯穆特测量了这座桥。他是男生里身材最矮小的，其他会员们让他翻着跟头滚过整座大桥，用他头顶到脚尖的距离丈量了大桥的长度，结果是 364.4“斯穆特”，即 659.82 米。之后，每隔一年兄弟会的会员们就会重新粉刷一遍人行道上的标记，每 10“斯穆特”一个标记。20 世纪 80 年代，这座桥进行了翻修，人行道的石板沿用了“斯穆特”这一长度单位。离开兄弟会后，奥利弗·斯穆特继续为测量事业做着贡献。为了纪念斯穆特作为计量单位诞生 50 周年，桥下竖了一块牌匾，上面注明：奥利弗此后执掌了美国国家标准协会和国际标准化组织。

从我在剑桥的公寓到波士顿的报社办公室总共 3 英里，这座桥是必经之路。在天气和时令合适的时候，尤其是交完稿的日子，在回家的路上能看到粉色的晚霞，一条一条铺满天空，其他那些城市里冷清昏暗的时间，灯光就变得尤其重要，街灯、车前灯、琥珀一样的车尾灯，闪闪烁烁，照亮前方的路。河水波光粼粼，流经上游的剑桥，在波士顿这座城市下流淌。有时能看到月亮。有时有几颗星星。桥上的风吹得更为猛烈。游客会递给我相机，让我帮他们以河水和天际线为背景拍照。我要躲避人行道上慢跑的人和自行车道上骑行的人。

过桥的时候我基本都是只身一人，有时候是醉了，有几次还哭着，有一次被一个不怎么喜欢的人亲了一下。过桥的这段路是大脑用来摆渡的时刻——早晨通往办公桌、噪音和钥匙碰撞的哗哗声，通往点击、采访、故事思路的忙碌，晚上则是远离办公桌，通往家和宁静，通往小酒吧，通往不必交谈、不必思考、不必精明、不必点击鼠标的休闲。

我踱过大桥，冬日里的寒风吹红我的脸颊，夏日里，汗水浸湿我的衣背。我走到报社的办公桌前，这里是我从大学毕业后就开始工作的地方。一开始我负责做目录，就是把全城每一场音乐会、行列舞、艺术展览、喜剧表演、诗歌朗诵比赛、电影放映的时间都录入庞大的数据库当中，每周如此。我报道过廉价的萨尔瓦多餐厅，采访过大卫·科波菲尔，为艺术色情集体写过侧写，为纪录片电影写过影评，报道过关于贞操的会议，也写过有关波士顿的书籍、作者和文学场景的文章。最后我终于升了职，成为网站的总编辑，也就是说，我的工作就是保证每个故事都在正确的时间出现在正确的位置。这意味着很多次的点击。

在过去很长的一段时间中，我都十分热爱这份工作。我喜欢它的节奏、它的忙碌和间歇，喜欢办公室的大部分人，喜欢大家在截稿日之前所有疯狂的码字、所有的观点和扯淡。听着有故事的作者打来的电话，我们收集稿件、交付印刷、出版发行——新闻编辑部是让人充满快感的地方。我很骄傲自己是其中的一分子，这是何其幸运的事情啊。每天都能在这样的地方工作，聪明的疯子围着你讲故事，所有人都创造着一种有历史的东西，都致力于大篇幅、探究性、有针对性的新闻，他们是波士顿最有能量的一群艺术评论家。

和我坐在一起的是一群怪人，他们中有的机智犀利，一根接一根地抽着烟，从不把衬衣塞到裤子里；有的宛如流浪汉，在成为记者之前居无定所；也有的在做那些“让世界变得更美好”、曝光不公平现象的新闻；他们就坐在办公桌前，像着了魔一样又专注、又暴躁地工作，直到被你拖进酒吧里，才会和你聊起他们是怎么追“感恩而死”这个乐队的。

执行编辑是一个脾气暴躁却慷慨善良的愤青，他帮助创立了这份报纸，坚定地相信着报纸的力量和必要性。

美术编辑的记性好得像百科全书，他会咒骂着挥舞着拳头，在工位隔间的地板上摔着书，他的标准总是高得别人难以企及。

专栏作家来自遭受过沉重打击的布洛克顿镇，她每周都在专栏里写一写这个城市最奇怪的人，我觉得这可能是全世界最酷的工作了。在我印象中她要比我高出一头，但是不久前见她的时候，我觉得我俩几乎差不多高了。我着实吃了一惊，有一瞬间甚至怀疑她是不是得了某种缩骨病。

这些人大概就是这么个样子。

我一直不能相信自己曾经是多么幸运。每次被问到“你是做什么的”的时候，我都会很骄傲地回答。这正是我想要的东西，直到有一天事情发生了改变。

和读者交流变成了和网站用户在线对话，只是噼里啪啦地打字，网站运营的责任就是在运营中注入“年轻”和“相关性”，抓住广告商的钱袋子，维持报纸的发行。

所有形式的工作都有无聊之处，就像斯塔德·特科尔在《工作》中所写，工作就是“一种暴力——无论对灵魂还是对身体”，即便是我们热爱、为之感到骄傲的工作。重复性的任务、毫无意义的时间堆叠累积侵蚀了你的灵魂，爬进你大脑的缝隙之中。

很多年来，我大部分清醒的时刻都是在电脑屏幕前点击着按钮度过的。如今我意识到自己已经变成了一个坐在椅子上的笨蛋，我存在的唯一物理事实就是我的肉体坐在办公桌前，而我的灵魂就像威化饼干一样在腐烂。情况在一天天变糟，好像曾经舒适的一件衬衣，穿起来既好看又熟悉，但它开始变紧了，扼住颈部，裹在肩膀上。

我脑袋里的沟槽好像变得平滑了，慢慢变得毫无生趣，逐渐变得懒散不堪。在努力的氛围里，越来越难以发现乐趣。我最喜欢的同事们开始去别的地方做其他的工作。

屏幕有一种压迫人的力量，而我和其他人一样，被文章和图片还有互联网的新闻和噪音吸引着。比起通过电话交谈，我更愿意发电子邮件。我有一些只在网上认识的朋友，除了互联网，我想不到还有什么别的地方可以让人们消耗如此之多，但吸收如此之少。

我的脑袋变得不好使了。每周的五个工作日里，有三天我都被宿醉困扰。我无力、潮湿的手中握着鼠标，我的脑袋刺痛着，损耗着。我花了好几个月的时间考虑：我要离开这里。但是我无法放下这套熟悉的例行公事，还有我的健康保险。除了这些，我对这家报社有一种忠诚感。所以，我留了下来，继续滚动页面，继续点击鼠标。

再说了，辞职之后我要做什么呢？我能够做什么呢？惰性、恐惧和懒散让我无法逃离。

裸辞

一个网上的榜单成了一切的转折点。

《马克西姆》杂志做了一个“百大性感女人”的榜单,作为一种讽刺回应,我们发布了“100 个最不性感的男人”榜单。榜单评选的并不是外形不够性感的人，而是那些有着讨厌的性格、恶劣的行为和其他普遍不受欢迎之处的人。包括为人不齿的政治家、厌恶女性的运动员、种族歧视的权威人士，还有公众人物中的各种恶棍。

第一次发布的榜单受到大家的极度欢迎，网站都被挤爆了，因此这个榜单就成了必须复制的专题栏目。第一次策划这个项目的时候虽然有点蠢，但还算有意思。当这个年度榜单出到第三年的时候，我发现自己完全提不起精神。不止如此，坐在办公桌前核对榜单上的数字和简介中的数字是否对应的时候，我感到了绝望。这不仅仅是愚蠢了，我的大脑对我吼着：这样下去你会死掉的，这完全就是虚度光阴。

在那些了无生趣的日子里，我瘫坐在电脑前，唯一能想到的事情就是离开。我渴望离开屏幕，离开这间互联网的回音室。我想要和现实关联更多的东西。

但这又意味着什么呢？我们在网上的生活和现实生活一样具有必然性，就像做薄煎饼，开车去垃圾场，或是弄洒一杯红酒一样。但在我的办公桌前，我觉得自己离接地气的东西很远，离满意很远。

二十岁出头我就一直在报社工作，快到三十岁的时候，互联网工作对我而言不仅仅是失去魅力这么简单。在我脑海中翻腾着的是改变，是对以往生活的彻底颠覆。好几个月的时间里我都处于这种模式之中，无比厌烦，深感无聊，我试图捕捉足够的勇气去飞身一跃。

九月的一个早晨，日光明亮，天气温和，我在上班的路上走过哈佛大桥。斯穆特标记虽已褪去颜色，在我的脚下变得模糊，但依旧丈量着距离。我望着河水，在心中排练着我那天要去和老板说的话。当我抵达河对面的波士顿时，已下定决心，但更多的是恐惧，还有一些绝望中的希望。

到达办公室后，我就辞职了。

结束的不仅仅是工作。我搬出了公寓，和男朋友分手，离开城市一段时间。大锤一挥，砰然作响，一切成灰，终于完结。

裸辞后的日子过得空白一片，每天都毫无内容，充满恐惧：害怕自己再也找不到工作、害怕自己做了非常糟糕的决定、害怕让自己的生活脱轨同时再没有机会找到另一辆火车。这些恐惧慢慢变成了后悔，一想到时间只会沿着一个方向前进，我们没有办法改变已经发生的事情，我就感到十分难受。

在早春时节一个悲伤的早晨，我正在网上点击着每天都会看的克雷格列表就业板块，又一次翻看写作/编辑和艺术/媒体/设计版块那些毫无变化、寥寥无几的招聘介绍。鬼使神差地，我点开了“其他工作”这个分类。这里有招聘遛狗人的，有招聘代孕妈妈的（最高工资 4 万美元——很诱人），还有招聘导尿管使用者（酬劳是 25 美元——也就这么点），在这些广告中我看到了一行字：

木匠助理：强烈鼓励女性应聘。

木匠助理

这条简单的帖子好像发着光，让我坚信这正是我所渴望的工作。我的手指在键盘上飘舞着，准备写一条留言说服发帖人，我就是适合这份工作的女人。

我试着描述自己的工作经验。没有，完全没有。我试图想出什么能证明我符合条件，但我甚至不知道十字螺丝刀和一字螺丝刀的区别。我应该承认这一点吗？不，不能承认。我解释说，比起用锤子、钉子和木头工作，我的专业背景更多的是关于如何组织句子，但是我富有好奇心，工作努力，而且我希望能用双手进行工作。“经验方面的不足，”我编辑着求职邮件，“我一定会通过好奇心和热情进行弥补。”

按下“发送”键，最初的兴奋感和突然爆发的乐观主义精神被一波挫败感和消极情绪扑灭。真是个笑话，我责备自己。多么荒唐的赌注。你并不会因为声称富有好奇心、吃苦耐劳而得到一份木匠的工作，我告诉自己。组织句子？听起来再傻不过了。我想象着那个读着我邮件的人正哈哈大笑，然后丢掉我的邮件，继续去寻找一个真正懂点什么的人。我后悔就这样处理了这个机会。

新老板玛丽

其实我对那份木匠助理的工作早已不抱希望，但四天之后，我收到一封邮件。写信的女士名叫玛丽，她说发帖后的十八小时内，接到了超过三百封回信，她正在联系其中的四十个人。看来有希望，我挤进了小名单了。

我消化了一会儿这个消息，然后意识到四十个人也不算少，而我仍旧只有热情和工作精神算得上准专业技能。

我继续读着信，她又简短介绍了一下自己以及想要找什么类型的人当助手。她的话很直白，就好像一块厚木板砸到头上一样。

我四十三岁，已婚，有一个十岁的女儿，自己干了几年，在此之前给另一个承包人打工。我喜欢把自己当作一个熟手级别的木匠和稍好一些的砖瓦匠。

我不知道这是什么意思，但我喜欢“熟手”这个词的发音。这个词让我看到这样的画面，一个流浪的木匠，肩膀上挂着工具，从一个地方到另一个地方，建造，修理，哼着歌，穿着破旧的工装裤，脸上挂着笑容。

我感觉好多了。她描述了想要的特质：

常识是最重要的事情。然后就是能搬东西，你必须要做到这一点！工作中经常需要搬工具，物资，其他东西。

我绷紧左臂的二头肌，感受着肌肉的隆起。我想我能搬东西，绝对能搬东西。我可以从各种各样的公寓里往外搬沙发、搬桌子，从很多级台阶上把一箱又一箱的书搬上来、搬下去。除此之外，我侧方位停车停得不错，能照着菜谱做饭，有时候提前一天就能知道自己要穿什么衣服。

她解释说，每次工作用到的技术会有所不同，工作时长从一天到几个月不等，通常在两周左右。之后，她开始介绍这个岗位要承担的各项工作列表，全是行业术语。

修补墙面，刷涂料。

我能刷涂料，但谁知道修补墙面是什么意思?

铺整块木地板或铺瓷砖。镶边。

听起来可以做。

更大的工程：厨房和浴室翻新。

这个听起来正经又吓人。

拆除，框架，隔热，防火，钉木板，泥封，装窗户，完成镶边，装柜子，门廊重建。基本除了扩建和屋顶以外都做。

这些字是什么意思？听起来既神秘又吸引人。

邮件末尾她让我们再多介绍一下自己，解释一下为什么想要这份工作。在回复中，我尽可能像她一样直白又诚实。我这样写：

我三十岁了，过去很多年都在报社工作。关于木匠工作，坦白说：我没有什么经验。即便如此，我很强壮（搬个东西什么的完全不是问题）。这是我想要学习的东西，是我想要从事的工作。开始时你需要教我，但我学得很快，而且不介意做累活儿。我马上就能开始工作。

选拔赛

两天之后，我收到了另一条信息，这次是写给十二个人的，玛丽让我们挑个日子和她一起工作半天。

“就当是选拔赛吧，”她写道，“我会按照工作时间付工资，现金，还会请你喝杯咖啡。这就算是面试了，虽然有点长。”

我从椅子上站起来，面带微笑，脸颊因为兴奋而有些发烫，但很快我就开始紧张了。

我应该穿什么?

我应该带自己的锤子吗?

我应该带自己的卷尺吗?

我有锤子和卷尺吗?

面试的那天是四月的一个早晨，天气阴冷，还下着雨。我走到木匠所在的街区，想着要是提前准备一条工具腰带就更好了。

玛丽住在萨默维尔市温特山区一条不长的侧街上。砖石结构的大教堂占据了这条街的南边街角。身穿葬礼西装的人们，在伞下耸着肩膀，站在那里等着其他人到来。街对面角落的熟食店里，柜台旁的人倚靠着摆放鸡蛋三明治的柜台，读着《波士顿先驱报》。一个女人叫着柜台后面那位女士的名字，说了再见，然后端着一杯咖啡，走出门去。当她看到葬礼上的人们时低下了头。

在整个波士顿、剑桥、萨默维尔都能见到的乙烯基壁板三层带露台大型楼房，遍布整个街区。一幢腐朽的维多利亚建筑像老去的王后一样矗立在街道的另一端，所有的角楼、飘窗和螺旋形镶边都破败不堪。

玛丽家的房子又大又高，外墙是柠檬布丁的颜色，上面有巧克力色的百叶窗，看起来是住了好几家人。街对面的操场上，催促孩子们进屋的铃声还未响起，几百名小学生奔跑着、尖叫着投着篮，躲避着水坑。

玛丽站在操场对面私家车道的尽头，双手插在卡其色工装裤的口袋里。我以为她会是身材更高大的女人，有结实的肌肉和宽厚的身板。没想到，她比我还矮几英寸，窄肩膀，小骨架，身穿一件手肘处磨破了的毛衣，当她和我握手的时候，夸张地笑了起来，露出歪歪扭扭的牙齿。她黑色的眼睛闪烁着善意的光芒，肩膀前倾，有点驼背的样子，但是没有肩膀后耸、突出胸部这种习惯的女性的姿势。

灰蓝条的羊毛帽子盖在她粗糙的短发上，那头发就像盐和胡椒一般，给她增添了一种小精灵般的气质。

“那么，你就是那个记者。”她开口打招呼，声音比我通过观察她的面部而推测出的要高一些。

“我叫玛丽，”我们握手的时候她说，“真是个好天气。”

我们钻进她的白色小面包车，前往剑桥的某幢房子里铺厕所地面的瓷砖。

面包车后排没有座椅，取而代之的装满了一天工作所需的工具：工具桶、锯子、一个电钻、一些海绵、水平仪和泥铲，这些东西乱糟糟地堆在后面。在靠近后门的角落里，一个装着灰色粉末的麻袋堆在那里，在麻袋被撕开的地方，有粉末漏出来，像沙漏里的沙子一般堆积着。一块块长短不一的白色木头像随处捡来的木棍一样散落着。前排座椅上放着一堆橘子皮，一个棕色的苹果核，一卷矮胖的卷尺，一罐盐浸坚果，几个水瓶，一个卫生棉，一个鬃毛厚实、坚硬的刷子，一把多功能刀，很多袋德鲁姆牌烟草，皱巴巴的烟草袋子大部分都是空的。杯托里，座位的缝隙中，仪表盘和挡风玻璃的夹缝里都能发现撕碎的烟草。

当我们抵达哈佛广场不远处那幢庄严的老房子时，很明显我们并不是唯一在这里施工的队伍。一辆十分粗犷的客货两用车停在最前面，仿佛油箱门处都泄漏着睾丸素。我们和另外两辆工作卡车一起停在了私人车道上。油漆工的卡车顶上绑着一个梯子，罩单和油漆罐就扔在后面。管道工的卡车上有一个油腻的工具箱，里面全都是扳手、白色的管道和金属管道的零件。

我开始紧张，变得口干舌燥。只有这个女人见证我的无能是一回事儿，大师、专家、专业技工组成的整个施工队都在就是另一回事儿了。这无异于第一次开车的时候，后排就坐了一队高端赛车手。

房子里充满了工人们忙碌的脚步声。玛丽解释说，这地方刚刚被买下来，买主是一位名叫康妮的建筑师和她的丈夫。他们计划六天之后搬进来。

拿着工具的人们在屋里工作着，整栋房子仿佛充斥着枪口下被逼出来的能量。“不可能所有的工作都按时完工的。”玛丽小声在我耳边说。

锤子的重击声在空白的墙壁、硬木地板和高高的天花板上回荡着。楼上某处传来电锯尖利的声响。还有男人的讲话声，播放着美国国家公共电台节目的广播，什么东西掉在地板上发出的撞击声都交织在一起。

当我们从一个房间走到另一个房间的时候，模糊不清的污渍和重击声一直跟随着我们。这些是熟悉的噪音，我曾无数次听到别人的屋子传出这种声音，但是，身临其境的感觉还是不同的。接下来会发生一些事，而我即将成为其中的一部分，这使得这些声音听起来如此响亮和真实。

在前厅，宽大的楼梯扶摇直上，陡然往左上方一转。厨房大到几乎能容纳下我的整个公寓，给人一种凉亭般明亮、热情的感觉。房子里塞满了固定装置和家用电器，有两面墙上装着很酷的深色木头橱柜，一个饲料槽大小的水池足够几个小孩儿同时在里面洗澡。我数了数烤箱，一共有三个。要三个烤箱做什么呢?

“那个不是烤箱，”玛丽说，“那是放葡萄酒的冰箱。”

正式的客厅里有高大宽敞的法式大门，推开大门就是花园的区域。树篱围绕着花园，这个神奇的院子像是一座堡垒。第一支变黄的水仙花花骨朵还包裹在黄绿色的外壳之中，角落里的连翘灌木丛好像随时都会迸发出黄色的花朵。外面繁忙的街道上无数的车辆排成长队，但这个花园好像和任何通勤街道都相隔几英里之远。

“嗯，好地方。”玛丽说。

我们返回到面包车后排去拿工具。

“拿上瓷砖切割机。”我盯着后面，目光扫视着一堆工具，不知道从何处下手。“在左手边，”玛丽说着，用她的下巴示意了一下，“那个看起来能把什么都砸烂、上面全是瓷砖灰尘的东西。”

我过去把它拿起来。显然这是个经常用到的工具，干瓷砖灰已经结成块，像陶艺家的转轮上粘着的干黏土。刀片下面的卡槽里有一个浅口托盘，托盘在我的手里有些松动。

“你能再多拿点吗？”

“当然。”我迫切想要证实自己很强壮这个说法。

玛丽又把一个电钻袋子放在切割机的托盘上面，这个橘黄色的帆布袋子里装着她的电钻和各种长度的螺丝钉，有些又黑又钝，有些闪着银光。钻头堆放在几个牛排刀大小的短电锯刀片旁边。袋子里飘散出的气味既有金属的味道，像血液混合着尘土，也有阁楼和暴露在空气中的木头散发出的柔和的气味。

胳膊上的肌肉在重量之下紧绷着，跟在玛丽后面往回走。她拎着一个装满工具的橘黄色水桶，还有一个装着黄色大海绵的小提桶，那个海绵和很多年前父亲洗车时用的一样，还有一个宽抹刀模样、用闪亮金属制成的东西，以及一个比大号牛奶箱还要大的纸板箱。

切割机

搬东西，你必须能够搬东西。

我想起这句话的时候，我们正沿着宽大的楼梯爬上二楼，之后是更窄、更陡的楼梯通往三楼。我喜欢搬这个动词。因为听起来就像是那么一回事儿。

三楼是敞开式的，有着浅灰紫色的地毯和倾斜的天花板。这里会是孩子们的游戏区，玛丽说。他们真是幸运呢！采光的窗户排列在房间朝前的屋顶上，从这里能看到马路对面。朝后的一面窗户能俯瞰花园和附近其他漂亮的院子。一个小厨房里放着小冰箱和炉子，楼梯顶部的角落里藏着一个水槽。这是一个怎样的避世之所、梦幻世界啊，和下面的成人世界相隔那么遥远。

L 型卫生间的屋顶也是倾斜的，门对面是一扇巨大的窗户，卫生间里还有一个浴缸，一个坐便器和一个水池。玛丽称之为底层地板的东西上面有螺丝钉，是白色石头的颜色。这间屋子看起来就像是一个忘穿裤子的人。我们把塑料放在卫生间外面的地板上，把瓷砖切割机架在走廊里。几箱大块瓷砖在门右侧堆成膝盖高的宝塔。我们有自己的空间，下面传来的施工噪音听起来离得很远。

“你来切，我来铺。”玛丽说。得知我们不必和油漆匠同时在这一层工作，而且电工可以在别的地方弄他们的电线后，我松了一口气。但这口气没松多久。“你来切”这三个字就给我带来了同样的紧张情绪，就像是在不熟悉的城市里，上车前一分钟才赶到自动售票机跟前一样。我给了她一个表情，希望她能够接收到“我从没切过瓷砖、我从没用过瓷砖切割机”这种电报信息。可玛丽并没有注意到，我耸了耸肩，用一种听天由命的语气说：“那好吧。”

我站在走廊里面对着卫生间，瓷砖切割机就放在我的前面。窗户上落满了雨水，玛丽在窗下的地板上拉开卷尺测量屋子的宽度。从坐便器后面的角落到水池所在的墙另一侧，她在中点用铅笔在地上做了标记。她转向我，在门槛前拉开卷尺。我向左面移动了一下，发现自己挡住了她的光线。我父亲做过很多大大小小的工程，永远都嫌我和两个弟弟碍事。低着头准备工作时，他会气鼓鼓、不耐烦地说，“你们挡住了光线。”

好像我们完全把太阳遮住了一样。我们会跳到不会给他投下阴影的地方，继续哄闹。我发现经此训练，我能够注意到自己的身体是否遮挡住了别人工作的光线。我希望这能给玛丽一个暗示，让她觉得我既体贴又有常识，我知道光线的重要性，也知道什么时候该挪地方。

她让我从工具桶里递撬棒，她的声音从她膝盖的位置传来。

“这个东西？”我说着，从桶里的一个口袋里拿出一个金属工具。我手里的东西冷冰冰的，约九英寸长，一端像鱼尾巴一样外翻着，另一端像一个慵懒的J字形一样弯曲着。对我来说它像是个撬棒，像那种塞到下面能撬起东西的工具。

“就是这个。”她迅速地搞定了门槛。她用撬棒在门槛的木头下面快速地猛戳了几下，又使劲往外拉了几下，门槛被撬了起来。看起来毫不费力。

“把粉笔线扔给我。”

我往水桶里仔细看了看，像是钻进了一口漆黑的井里，我不知道这些要求是否就是考试的一部分，如果是这样的话，我就要挂了。

“灰色的塑料制品，像泪滴的形状，从里面能拉出来一个小标签。”

我赶快把它翻了出来，用一个轻柔的下手投球把它扔过卫生间。玛丽一只手接住它。她摇了摇那个东西，拉着小标签把一条蓝色、带着粉末的线从盒子里拉了出来。

“拿着这个，”她把灰色的塑料部分递给我，“往后拉。”

我接过来拉住这一头，玛丽把她那一头的金属标签拉到墙边，放在做过中心点标记的地面上。

“现在把线放在走廊里的标记上，然后把线拉直。”她说。我弯着腰，从瓷砖切割机下面爬过去，把线放到标记的位置。

“拉直，”她说道，“准备好了吗？”

“我觉得可以了。”

她在我俩中间的一点把线拎起来，这条线在屋子的中间形成了一个小山丘，然后她松了手。线啪的一下弹到地面上。蓝色的粉笔灰尘四散开来，地板上留下一条细细的粉笔线。

一个朋友的哥哥曾经用橡皮筋和我们玩过一个游戏。我们伸出胳膊，他把橡皮筋弹到我们的皮肤上，每弹一次把橡皮筋拉得更远一些，我们的胳膊刺痛着，留下一条条红线，和这条蓝色的粉笔线一样。

“这就是这个屋子的中心线。”玛丽说这话的时候依然跪在地上。

“憋住气。”

玛丽撕开一袋沙粉，和她面包车后排撕开的那袋一样，然后往另一个橘红色的水桶里倒了一些沙粉，接下来，用另一个小水桶从浴缸里接了水倒进沙粉里，然后用连着长条金属装置的电钻进行搅拌，电钻的一头扭曲着，像是外面包裹着灰色坚硬物质的工业打蛋器。

“牙膏。”她说。

“什么？”

“你要把泥搅拌得像牙膏一样有韧性。”

“好的。”

搅拌完之后，玛丽舀出一些放到地上。这看起来可不像是牙膏，而是一坨像湿纸一样黏糊糊的暗灰色东西。她用带锯齿的抹刀把水泥推开，水泥上留下条纹痕迹。我喜欢金属抹刀的刀刃在底层地板上安静摩擦的声音，还有水泥上留下的平滑的漩涡痕迹。她拿了一块沙土色的瓷砖放在我们画的中心线正左边，又把第二块瓷砖放在中心线右边，紧挨着铺好。之后就开始切割瓷砖了。

玛丽把大块的海绵浸湿，把水挤出，滴落到切割机下面的托盘里。

“这些水有什么用？”

“瓷砖切割机是湿切割。”

我点点头，似懂非懂，也许刀片切割瓷砖时的摩擦会产生火花。

她用金属三角的一条边做直尺,用铅笔在瓷砖左下方画了一条深色的线。她把瓷砖递给我。

瓷砖在我手里冷冰冰的，而且比我想象的要重。

“好的。”我仍旧那种听天由命的语气回答着。我打开切割机的开关。伴随着潮湿的飕飕声，刀片开始转动，刀片带起来一股凉水，溅到我的脸上。刀片上方本应该垂下来一个塑料挡板，减少水和瓷器灰尘的外溅，就像自行车车轮上方的挡泥板一样，但是这个挡板严重弯曲，虽然用牛皮胶布固定住了，但效果甚微。

刀片把一摊水和瓷砖灰的混合物甩到我身上，将我胸部到肚脐的位置浸湿了一条线。

“慢点。”玛丽一边说,一边测量着第二块瓷砖。这就是她给我的唯一指导。

我把瓷砖放在潮湿的平台表面，用旋转的刀片对准铅笔线，这个刀片和我知道的电锯鲨鱼牙齿般的刀片不同，它呈平滑的圆形平面，像是将几张光盘压缩在一起。我不相信它能切割开坚硬的瓷砖。

但它确实可以。当刀片接触到瓷砖的时候，电锯的声音都变了。潮湿的飕飕声升高成砰砰的咆哮声。刀片切割着陶瓷，吞噬出一条黑色的线，灰尘和水珠四溅开来。我把控着瓷砖的方向,双手握住瓷砖靠近我身体的两个角，尽量让瓷砖保持正直，调整着，移动着，这里稳一点，稳一点。

我调整过了头，瓷砖被压碎了。切口处的尖角顶住了刀片，刀片颤抖着停止了转动，发出意味着错误的噪音。我望着地板上的玛丽，脸上写满惊慌失措的问号。她转向我，没说什么，只是把手比在胸前，模仿控制瓷砖的动作，然后她把手往自己身体的方向拉回来，再向前推出去。这个姿势的意思是，我做的方向反了。先向后，再向前。我稍稍后退了一些，刀片又甩着水旋转起来。我慢慢地把瓷砖往前推，掌握好方向继续切。

切割机咆哮着。但是我没注意到这些噪音。我没注意到四溅的水花，灰尘，或是被浸湿的衣襟。我唯一知道的，就是铅笔线和我手指捏住的瓷砖角，然后让刀片始终切在线上。某一刻，我突然意识到，我已经忘记了呼吸。我慢慢推动着瓷砖，已经切了一半了。时间被延长，绵长无尽头。

瓷砖切开了，滴着水，瓷砖的一角有一个小缺口。我关掉切割机，把切下来的瓷砖递给玛丽，我的手现在又湿又凉。

“我把一个角弄了个缺口。”

“没关系，”玛丽说，“我会把这块砖藏在踢脚板底下。”

这种释然让我想到第一次在报社做问答采访——编辑告诉我，我可以按照自己喜欢的顺序提问，不必完全按照设计来。我们在刚开始一份新工作的时候是多么缺乏想象力呀。当我们得知辛劳的工作中有松懈的机会、有犯错误和娱乐的空间时又是多么高兴。

玛丽把瓷砖放在地上，将切口的一边对准墙壁。她把瓷砖按进有纹路的水泥里。把另一块做好标记递给我。我又打开了切割机的开关，抹掉溅到眼睛上的第一串水珠。

我们继续工作。有一块我切太多了。玛丽把瓷砖放好，看了看缝隙，说了一句“太小了”就把瓷砖放到一边，在另一块上做了标记。我又留得太多了，她又把瓷砖递了回来。“就多了那么一点点。”她举起瓷砖，给我看了看那个有些随意、不太平整的切口。我切得歪歪扭扭，边缘一点都不直、不整齐。我觉得很难堪。

“对不起。我没控制好。”

在切割坐便器底座边缘曲线的时候，她演示了一种切割弧形边缘的钢琴键技巧，瓷砖切割机做不到这一点。她教我怎样每次沿着曲线切割半英寸左右的长度，这样所有的小切面连起来就像是咧嘴大笑时的一排牙齿。之后用锤子敲每个小切面，或瓷砖多余的部分，或用其他手头的工具弄掉不平整的部分，形成曲线。

锉刀可以挫平任何参差不齐的地方。我喜欢这个技巧。它干净、迅速、实用。瓷砖碎片掉落时发出的叮当声是那么悦耳。

然后她递给我一块没画任何标记的瓷砖，没有深色的铅笔线告诉我该切在哪里。

“四又十六分之十一。”她说。我从水桶里摸索到卷尺，还有一支我看玛丽用过的扁铅笔。我在脑海中重复这个数字，四又十六分之十一，这是我听到过最陌生的数字了。几何证明、代数等式中的变量这些高中数学课幽灵在我的脑海中飞奔。四又十六分之十一，我越重复这个数字就越觉得它听起来毫无意义，所有的音节都溶解在潮湿、含有沙粒、混合着水和瓷砖灰尘的泥浆之中。

我用卷尺的金属钩勾住沙粒色瓷砖的边缘，在瓷砖上拉开卷尺。玛丽依然蹲在地上，她背过身子把另一块瓷砖压在地面上的灰浆里。当她背对着我的时候，我以最快的速度用拇指指甲数着卷尺上的细线。十六分之一，之二，之三。我数到了九。

“你在数线吗？”她问我这话的时候依旧背对着我。

我的脸一下就红了，感觉好像考试作弊被抓到了一样。我想，这就是我没法得到这份工作的原因，这就是我木匠生涯开始和结束的地方。

使用手持电据，用锤头敲钉子，在一小池子水里用旋转的刀片切割瓷砖，这些工作需要练习。这我从一开始就知道，那天早晨我开车的时候，切割瓷砖的时候我就提醒过自己。我没法立马就让工具和材料完全听我的话，但是，我真的没想到，卷尺竟然是给我带来最严峻挑战的一个工具。

卷尺

第一个能够弹回外壳里的弹簧卷尺专利诞生于 1868 年，所属人是纽黑文人阿尔文 · J. 费洛斯。他对这个工具的主要贡献是，研究出了能够在任意距离固定卷尺的机械装置。这是非常实用的进步，可以避免还没来得及测量卷尺就弹了回来的窘境。

但是直到 20 世纪 40 年代卷尺才流行起来。在那之前，木匠们使用的是木头折叠尺。我们家以前车库工作台上也放着一把，它的折叶夹到过我的手指，我至今还记得那种疼痛。

无论是老式折叠木尺还是新式的卷尺，问题都是相同的：我所有搬东西的技能都不能抵消这种失败，不能抵消这项基本技能的缺失。我对木工一无所知，比想象中知道的还要少。

玛丽站起来，走到我身边，从我手中拿过卷尺。

“看这里，”她边说边指着，“这是什么？”

“二又二分之一。”

“这个呢？”

“二又四分之三。”

“这个呢？”

“二又四分之一。”

她又挪动了大拇指。她关节上干掉的泥浆裂开了。她的手指修长，有着女性的柔美，但很有力量。

“二又八分之一？”

她摇了摇头。“再猜猜。”

我靠近一些好看得更清楚，近到能闻到她身上的烟草味。

“二又——”细线变得模糊，我的大脑一片空白。我摸了摸前胸被浸湿的地方。玛丽多给了我一些时间。

“给我看下二又八分之四。”她说，这句话拯救了我。我用大拇指指甲指出了这个位置。

“那么，这是什么？”她把大拇指移动到刚才的位置。

“八分之三，”我说，“二又八分之三。”

“这就对了！”她哈哈大笑。

她放开卷尺，让它弹回外壳里面。

“那十六分之十二呢？”她问我。

“四分之三！”我记起来如何约减分数了，这真是个惊喜。

我现在回答的是一个四年级学生都能答得上来的问题，这骄傲的感觉真是得之不快。我感觉自己像个白痴。但这种感觉并不是玛丽造成的——她耐心地提问题，没有居高临下的姿态，好像只是想要让我理解，而不是证明我不知道的有多少。这一点是好老师的标志。

“四分之三。正确。如果你记得十六分之十二是四分之三的话，那你就知道十六分之十三在哪里，知道十六分之十一、之九在哪里。”

然后她和我讲了她前老板巴兹的事情，巴兹是一等一的完美主义者、熟练的建筑工人，他要尺寸精确到一英寸的三十二分之一。

“那我也只好数线了，”她继续说，“练习，只有练习才能办到。”

我练习了。我们那天重复了这个过程，都是具体的动作：先是这个，之后是这个。测量，标记，切割。切割机的声音，四溅的水花，冰冷干燥的瓷砖，被切割的潮湿瓷砖，我在切割机前面的身体，紧盯着铅笔线的双眼，除此之外的一切，比如时间和语言，全都消失了。

报社教给我什么是机械的过程。坐在新闻间的桌子前，指尖噼里啪啦打着字，咔嗒咔嗒点击着鼠标，银幕灰暗的光亮映出我脸颊上苍白的皮肤和呆滞无神的双眼，我感觉到一种让大脑变得迟钝的机械化运作，一种不需要思考、不需要意义和目的的行动。

但是在这里，在铺瓷砖的时候，每一块瓷砖都有自己的位置，都是整体的一部分，每一次测量都有意义，每一次切割都有意义。它是重复的，的确如此，但它并不无聊。一天试工之后，我有一种感觉，那就是即便你切过几千块瓷砖，即便你用了一年瓷砖切割机，你还是要小心翼翼。尽管你已经能做得更快，做得更好，切得更直，更少卡住刀片——但你还是要集中注意力。铺瓷砖的重复性引发了存在感，一种具体、有形的即时感。

“烟歇时间到了。”玛丽宣布完就一头钻进雨中抽烟去了。

我留在屋里，看着已经铺好的地板。雨水敲打在窗户、屋顶上滴答作响。

伴随着楼梯上的脚步声，一个老人出现在我眼前——他看起来有一百多岁了，留着长长的白胡子，长长的白发绑成的一个马尾辫在肩胛骨之间摆动着，像是雪地里生活的某种动物的尾巴。他腰间挂着一个轻便的锤头，穿着被颜料染色的裤子，白色的 T 恤好像床单一样挂在肩膀上。他拿着一个油漆罐和一把刷子，胳膊下夹着一块暗色的帆布罩单。他走到房间那头，站在一扇采光窗户旁边。

“很高兴看到女人做这些工作。”

我不知道该说些什么。如果要解释我不是真的在这工作，只是试工，只是做了几个小时，而且我不知道怎么看卷尺刻度的话，那就显得很笨拙了。如果我说，我也很高兴看到一个年逾百岁的魔法师做这些工作的话，那也会显得很笨拙。

“谢谢。做这些工作感觉还不错。”

玛丽抽完烟回来以后，我们继续干活，我俩没怎么说话，直到铺完了瓷砖。因为过一夜才能灌浆，今天的工作到此结束。精神集中、新鲜感以及完全抓不到节奏，这些因素凑在一起让我觉得时间飞逝。

周二下午三四点钟坐在办公桌前的时候，你唯一能感受到的就是自己在消耗时间——简直就是折磨。因为在脑海深处，我们知道所有的时间都不会重来。时间是有限的，时间也有终点。我以前认识的一个女孩儿在一个聚会上，一个挨一个对所有的客人说，“这是你真实的生活，你知道的。这就是你真实的生活。”这用得着提醒别人吗？但这又是多么容易被人们忘记的事情啊。

我们收拾好工具，重新装满面包车，回去的路上我有点哆嗦。我不知道自己是不是切坏了太多瓷砖，如果我搬东西的能力让人印象深刻就好了，如果她注意到我没有挡住她的光线就好了。

“你冷吗？”玛丽问我。

“有点冷。”

她猛地打开热风，雨刷器在挡风玻璃上扫了过去。

当我们开到她家门口的私人车道时，我向她表示了感谢，她笑了。

“谢谢！”说完她递给我七十元现金。我的工钱是每小时十块钱，这对于我做的事情来说好像并不算少。

“去洗个热水澡。把头发上的瓷砖灰洗掉。”

我用手撩了下头发，头发湿漉漉的，夹杂着沙粒，粘着瓷砖灰的碎屑。我再次感谢了她。

“保重。”她对我说。

这是最后分别时说的话，是你对素不相识、不会再见的人说的话。我回到家，又冷又情绪低落，站了一天之后我的骨头里面都透出疲惫。临别时的那两个字让我意识到，她会选择其他人了。我早早上床，当风声渐起、大雨袭来的时候，所有糟糕的念头都卷土重来:后悔，工作，金钱，医保，孤独，错过的火车，还有空荡荡的日历。

第二天早晨，天空阴沉但并未下雨，玛丽打来电话。她告诉我，如果我愿意的话，这份工作就是我的了。

“我愿意。”我说。

第×二×章

锤子

你永远不知道你会找到什么

在标记岁月的年轮里，在铜锣的回声中，在窗户的框架里，在每日都能见到的坚不可摧的东西里，我们找到了真实。

木匠格言

07. 锤子如此简单，种类却又如此之多。不过是一块铁插在一根木头的一端，但变化无穷。

08. 一般来说，每隔十六英寸就能找到一根立柱。虽然有几百万个理由可以不这么做，但这就是规矩。

09. 在开始的阶段，木匠的工作就好像是让我来到了一个陌生的城市。

10. 你并不糟糕，你只是需要上百次的练习。

11. 我们的骨头知道下一级台阶应该在哪里——重要的是台阶能够不负所望。

12. 成为你做的工作。

撬棒

玛丽录用我之后的第二天，我就去了建筑师家的地下室开始工作。玛丽对我说："欢迎来到奇妙小破屋。"

一扇小窗户下面是成堆的装有颜料和染色剂的罐子，还有许多生锈的焊接条。颜料罐提手上结满了蜘蛛网，窗户透进来的光照亮了蜘蛛网上的灰尘。电线在头顶的管道和房梁上绕成圆圈。一个兼作工作台的乒乓球桌：球桌表面坑坑洼洼，有颜料飞溅的痕迹，还有木胶粘在桌子上留下的小点。工作台上有一个马克杯，里面忘记倒掉的咖啡上已经生出白色的霉菌，还有几袋砂纸圈，几盒旧石膏板螺丝钉，电锯盒子里装着钢锯、长螺丝刀和一卷蓝色油漆工胶带。旁边的小钉板上挂着一些工具，把手和貌似是刀片的部位落满灰尘，可见这些工具很少被用到。小钉板的角落里摇摇晃晃地挂着几个奇怪的夹钳，夹钳上的金属杆将木制压片分开。天花板上挂着一个毫无装饰的灯泡，灯泡里面安装了运动监测系统，检测不到运动就自动关闭。我们像傻瓜一样站在那里，不时挥舞着手臂让灯重新亮起来。

"你以前灌过浆吗？"玛丽一边在箱子里翻找东西一边问我。

“没有。”

“准备好要灌浆了。”

建筑师的家中继续响起嗡嗡、砰砰的声音。玛丽从大牛奶箱盒子里把深棕色的泥浆粉倒进一个干净的水桶里。她这次没告诉我要屏住呼吸，但我还是屏住了呼吸。她又加了一些水混合在一起。

“泥浆要比泥更薄一些，”她说完就从黏糊糊的东西里舀起一些混合物，“看着它们滴落，就和你用打蛋器挑起来一些蛋白，看看它是否到了最佳状态是一样的道理。”她递给我一个工具，把手是塑料材质的，底座平整，像是用光滑的白色橡胶代替了猪鬃毛的硬板刷。

玛丽叫它镘刀（英文 float，还有漂浮物的意思——译者注）。我觉得对于一个工具来说这个名字还挺可爱。这个名字让我想到波涛和小船，还有将自己交付给海水的画面。它勾起了我久远的记忆，让我回忆起父亲带着我和弟弟冲浪钓鱼的场景，父亲甩动鱼竿，吊钩在海浪上飞了出去，他飞快地旋转转盘，明亮的鱼漂像鱼儿一样在海浪中快速地跳跃，吸引着蓝鱼的注意。“有些人一辈子都没见到过大海。”我记得有一天傍晚，在沙滩上收拾渔具的时候父亲对我们这样说。说完他把锋利的鱼钩放回干净的钓具盒里，盒子里面还有颜色明亮的诱饵。

“你知道基本的原理吧？”玛丽问我。

“知道一点。”

“把泥浆灌到瓷砖中间。”

我们把泥浆倒在地上，用镘刀把泥浆铺开后推到瓷砖缝隙里。玛丽做得很熟练。她用镘刀挤压着瓷砖间的沟缝，将镘刀倾斜着操作，先沿着一个方向，之后再沿着另一个方向。我有样学样，但总是笨手笨脚的。

“来来回回地镘会弄得更平整，”她开始传授我一些技巧，“不要留下气泡。还有，如果你留在瓷砖上的泥浆越多，后期我们需要打扫的就越多。”

填满所有的缝隙之后，瓷砖看起来是多么精致啊，线条甚至有点像城市交通网的地图。

“我以前做这个活儿的时候都不需要护膝的，”玛丽说，“你有这个困扰吗？”

并没有。

“我老了。”她说起“主妇的膝盖”——我以前没听说过这个词。人们也管这叫作女佣的膝盖、髌前滑囊炎，需要久跪的人经常被膝盖积液囊发炎折磨，比如灰姑娘们、擦地板的人，还有泥瓦匠。

我们灌完浆，用T恤做的抹布把地板擦干净，玛丽递给我一个撬棒：“把地下室的楼梯踏板都撬下来。”

我手里拿着撬棒，站在地下室台阶的最上面。下面飘上来洞穴中那种凉爽的空气，夹杂着地窖潮湿的味道。我希望自己做的就是玛丽脑子里想的事情，拿着比之前玛丽用来撬门槛的小撬棒更粗、更长的大撬棒，用力塞进最上面的一级台阶下。我压下撬棒，再往上一抬，立刻感觉到木板在我的力量下被剥落下来，甚至听到钉子失去对木板的控制时哭泣的声音。

不敢相信，撬棒是如此有力量！我撬掉了一级台阶上的木板，然后又撬另一级，破烂不堪的深色木质楼梯上，人们上下反复踩踏的地方已褪成了灰色，还有开裂的痕迹。我皱了皱眉，汗水流了下来。撬完全部地板的时候，我看了看表，对自己的速度感到很骄傲。地下室里，最远处的墙边摆放着一个长条工作台，一头放着一个红色旧老虎钳。

我又回到正在拆除的楼梯上，抬头一看，这栋房子的主人，建筑师康妮正站在那里，她四十来岁，穿着干干净净的衣服，头发剪得有棱有角，站在楼梯上面朝下看着我。她的手里拿着笔记本，耳朵后面别着铅笔。

“嗨！”她用一种“我应该认识你吗？”的语气打了个招呼。

我抬起头看着楼梯，从她站的地方到地下室的楼梯踏板已经被拆掉了，只剩下框架和漆黑的空心，人们很难从这里走下来。突然之间，恐怖的预感一闪而过。我怀疑自己干了蠢事，抬头给了她一个痛苦的微笑:“我就是——”

“没关系。”她看着右手边的厨房，那里有什么东西吸引了她的注意力。“等一下！”她对里面的人说道。

“等下，小心橱柜。”她离开了。

我喘了几口气，等了一会儿，但她并没有回来。于是，我就继续一级又一级地“破坏”她的楼梯。玛丽过来的时候我快要撬到最下面了，她把碎木板堆到地下室的门口，朝下面看了看，点了点头。

“这个撬棒太神奇了，”我喜滋滋地对她说道，“我觉得自己像个超级英雄。”

“干得不错，”玛丽说道，“下次从下面的台阶往上面撬。”

我往上一看，这才意识到问题：现在要想上楼，我必须得费点劲儿了。

前半生的秘密

第三天去工作的路上，玛丽和我说，建筑师康妮问起了我。玛丽和她说，我以前是个记者，刚入行做木匠。据说她说：“我觉得也是这样。”

很好奇她是怎么知道的。

当天下午，在主卫生间里，玛丽蹲下身子，弯着腰靠近淋浴间的底座，向我展示什么叫作墁底。她把水泥倒入淋浴间的底座，用泥刀把水泥推平。泥要厚，不要有任何凸起或气泡，同时要墁出正确的角度，可以让水从各个方向流向排水口。她先用泥刀把滑溜溜的湿水泥抹平整，形成稳固的表层，接下来一下一下地把水泥表面修饰光滑。

这真是迷人！观察一个知道如何使用工具的人，感受操作工具时的技巧和漫不经心，我深深沉迷于此，眼睛紧紧跟随着玛丽移动。

建筑师康妮出现在走廊里。

“我发现了你前半生的秘密。”

我寒毛直竖，脸刷地就红了，小声地说：“也不是什么秘密。”

“你之前有什么专攻的方向吗？”

“我主要写一些书评。”

她挑了下眉毛，露出一种惊讶和认可。我知道，自己的脚边放着装工具的水桶，身上穿着三天都没有换过的脏牛仔裤，正蹲着看玛丽在那里抹水泥。

“小说还是非虚构类的？”她问我，然后又问我最近有没有什么好书。我列了几本，然后告诉她我喜欢它们的原因。“有个刚出版的故事集很有意思——作者将真实世界和虚构世界无缝衔接，你正读着一对可怜的夫妻和我们一样生活着，然后大脚怪或尼斯湖水怪就突然成了故事中的一员，很有诗意，非常棒——”

“把海绵递给我一下。”玛丽对我说。

我停了下来，脸红心跳地从水桶里翻出来海绵。

我不知道玛丽是想提醒我集中注意力，还是她刚好需要海绵。反正她这话说得很好，我把海绵递给她，然后继续默不作声地看她干活。建筑师离开了，到屋子的别处去找另一群工人。

渴望大项目

从春天到夏天，我和玛丽从一个工作折腾到另一个工作。我们在位于多切斯特的一个厨房做了内置书架。我们拆了一面墙，修了橱柜，在牙买加平原区一个刚购置、需要修缮的房子里修补了天花板。我们为剑桥的一个南方淑女的家刷了涂料，刷了涂料，又刷了涂料。（“哦，亲爱的，我要的是中庭白，不是亚麻白。你们能把前厅、客房和客厅再刷一遍吗？”）还给一个寡居的老奶奶改造了卫生间。老奶奶住在萨默维尔市的小公寓里，屋里摆满了长颈鹿造型的装饰品。我也一点一点地掌握了这份工作所需要的技能。

我们要做的项目种类繁多，在各个小项目之间转换速度很快，这些都让我十分欣喜。在这里做一天，在那里做几天，十天半个月之后，再去下一个地方。对不同的人说：这是您的后院露台，您的新窗户，您的墙。但是玛丽很沮丧。她对现在的经济状况感觉很惋惜——人们没钱做大项目了，所以她只好拼拼凑凑地做些零散的工作和修修补补的活计，而不能做那些她喜欢而且有资质做的更大型、利润更丰厚的翻修木匠活儿。玛丽满怀期望地聊起能让我们在一个地方干上六周、干上几个月的工作，比如全面翻修公寓或者重新装修厨房。

在沉闷地刷涂料的几天里，我和玛丽有时候一两个小时都不说一句话。这种安静让人觉得舒服，很适合我们两个人——没有为了填补空白而闲聊带来的压力。她会滚动着粉刷涂颜料，我会用刷子在踢脚板边缘、在天花板和墙壁衔接的角落处补缺。我的脑海里浮现出“成为你做的工作”这个短语，这是禅宗的一种流行说法。我试图迷失在中庭白的延展和流动之中，从看起来像香草奶昔桶的颜料桶，到刷子的鬃毛，再到墙壁。我手中握着木质的刷子把手，刷开的颜料像奶油一样黏稠又光滑，闪着丝绸一样的光泽，一点一点变干后覆盖在墙体表面。

其他时候我们一刻不停地聊天。

“你知道我在克莱格列表上发的那个帖子吗？我收到了三百条回复，三百条啊，”这不是她第一次提起来这件事，“你能相信吗？不到二十四个小时。我甚至还收到了一个从业二十年的人发来的邮件。”她把涂料滚筒放到托盘里：“时代的发展啊。”

她还会说起自己的女儿玛雅。玛雅一改假小子的模样，在墙上挂了很多美男乐队的海报。

“有了孩子以后时间肯定过得更快了吧。”

“怎么会呢？”

“它会让你更加清醒地意识到，你还剩多少时间。”

玛丽比我大十三岁，这是一个很好的年龄差距——不会差太多像是两代人，也不会差太少像同龄人。她以自然的方式传达出一种“你能从我这里学到些东西”的感觉。

但我们的谈话还是经常会回到她对大项目的渴望上来。

“我想要能够大干一场的项目，”她边说边用颜料滚筒刷着卧室的一面后墙，从这间卧室的飘窗能够俯瞰剑桥一条狭窄的侧街。

“全都是这些米老鼠一样的烂活儿。”——这是她形容业余事情的说法——“我要疯了！”

我可没疯，我的脑袋要爆炸。

为什么要挖四英尺?

我们接了一个新项目，在萨默维尔市一个死胡同里建一个后院木板露台。大约用了一周的时间。

现有的台子破碎、腐烂不堪，拆除掉它之后，我们用匙形取土器挖了四个木桩坑。匙形取土器下方有两个相对的铲子，上方是两个长长的把手，两只手一起用力把它往地上一戳就可以插到土里。当取土器进到土里之后，把两个把手拉开，合起两片铲子，就抓起了泥土，把土从坑里提出来堆在附近。这个工作需要做好几个小时，累得我胳膊酸疼。

每个坑都要挖到四英尺深，这算很深，让我想到了棺材。在美国东北部，对于支持木板露台等结构的木桩，规定深度就是四英尺。玛丽解释说，这是能够到达冰冻线以下的深度。冬天，地表以下的土壤都会结冰。低温钻进土壤下面，就好像二月份的时候，寒意渗进你的皮肤，进入你的血液和骨头里。土壤中的水分结成冰之后，体积在地下膨胀，巨大的力量挤压着所有阻挡它的东西，每英寸几万镑的力量，足以移动栅栏木桩、梁柱和楼房。春天到来的时候，你会看到一个栅栏木桩从土地里面升了起来，和其他的木桩不在一个水平面上，这就是发生了隆起。冰冻让地下的东西发生位移、隆起，就像肺吸气时胸腔会鼓起来，因此栅栏木桩的洞要挖到冰冻线以下这一点非常重要。

这些我以前都不知道。我从未考虑过泥土、水、低温以及它们与露台木桩之间的关系，从未考虑过所有这些地下的活动，从未考虑过我看不到的东西。做了木匠这一行，我开始注意所有路过的门前屋后的露台。我寻找着经加压处理的木材上呈现出的绿色痕迹。这些痕迹就是曾经被砷和其他化学物质浸泡的地方，以此来防水、防腐。自从玛丽告诉了我这种木料含砷这件事情，我再给露台砍木头的时候，就开始屏住呼吸。经加压处理的木材要比普通木材更重，而且摸起来有一种奇怪的冰冷、潮湿的感觉。当我在自己的小世界里行走的时候，我看到到处都是露台，露台上放着盆栽的天竺葵和吊挂的蕨类植物。栏杆上缠绕着闪烁的圣诞节灯饰。立柱上锁着的自行车装有带防水垫的软座椅。到处都是木板露台，每一根木头都被人测量过、切割过。

这就好像站在一连串我认为理所应当的事情前面。比如说，楼梯。对于在不同楼层之间移动、走到家门口、走到地下搭乘火车前往城市的其他地方来说，它都是能发挥作用的。相关的规定决定着台阶高度和深度。我们都知道如果一级台阶比前一级高出一点是种什么感觉，我们的脚趾可能会踢到台阶的边缘；或者更刺激一点，下楼梯的时候，在脚掌落地之前你所有的骨头都以为是一个结实的东西在等待着你，来承受你的重量——但是它没在那里。或者它来得太早了，把你从脚踝到膝盖都震了一下，撞击带来的震动让人不舒服。我们在即将睡着之时都会有那种坠落的感觉，向前迈步但没碰到地面，

双腿在床单上突然蹬了一下，那是一种突降的感觉。肌肉的记忆很快就形成了——我们的骨头知道下一级台阶应该在哪里——重要的是台阶能够不负所望。关于台阶的规则可以追溯到很久以前。

在成书于公元前一世纪的建筑学——同时也是天文学、解剖学、数学和色彩学——巨著《建筑十书》中，维特鲁威写道："我认为台阶的高度，应该限定在不高于十英寸、不低于九英寸这个范围，这样上台阶就不会很困难。台阶的踏板宽度不应该短于一点五英尺，不应该长于两英尺。"

十八世纪，法国建筑师雅克·弗朗索瓦·巴帝伦在《建筑学课程》中建议，人的步长应该决定上升高度与前进长度的比率，也就是台阶高度和台阶深度的比率。近代美国建筑师赞成一种实用性强的近似值：上升和前进长度的总和应该约为十七点五英寸。现在，你一只脚所在的台阶踏板应该至少有九英寸长。而每级台阶不应该高于八又四分之一英寸。每两级台阶之间的空间不应有超过八分之三英寸的高差。

看着木板露台和楼梯的骨架，我很感激计算上升高度与前进长度比率的人是玛丽。光是这个词就让我想到了学校几何课上的幽灵，愁眉不展的我一直在脑海里念叨着"我再也用不到这些东西"，我给自己的不够努力和能力不足找了一个合理的借口。

玛丽算出每级台阶的高度和踏板的宽度，还有从和后门高度持平的露台到地面需要搭建多少级台阶。我切了一些厚木板，做踏板和梯级竖版，我不敢相信正在发生的一切。三天之前，如果房子的主人从后门走出来，他还会掉下来，脑袋可能会撞到木桩。现在，这有一个露台，向下走七级台阶就可以抵达地面。我们没有建造金字塔或是巴特农神庙，但这也很不简单了。当我们把最后一根木桩的柱帽固定在露台上之后，我爬上楼梯，咧开嘴笑了起来。

我从地面走上门前的梯台，走上这七级台阶。我踱着沉沉的步子在上面走着，测试楼梯的强度。

“我可以在上面跳吗？”我问玛丽。

“随便跳。”然后，我就在露台上使劲跳了起来。很坚实，纹丝不动，露台禁得住我的重量。玛丽站在地面向上伸出双手，她抓着露台的边缘向上一跳，做了一个引体向上。

“挺结实。”

我们搭建了一条从大门到地面的路，一条通道，一个可以停留的地方，一个可以堆杂物、可以在进屋之前抖落掉鞋子上的雪的地方。真是个好东西呀！

在那以后，我们又从一份工作跳到另一份工作。这几个月里的每一份工作，都帮助我掀开了曾经阻挡着我、让我无法看到近在咫尺的物质世界的幕布。

现在，这个世界里有走廊，有架子，有墙壁，有木头，有玻璃，有灰浆，有颜料。这种意识、这种新的发现对我造成强烈的影响，我知道那些窗户和门廊是由多少块木头构成，它们是怎样安装在一起的。这些我以前从未想过，我也没有任何机会去考虑这些问题，而现在，随着每天的工作，随着每一项新工作的开展，随着操作逐渐熟练起来，这些给我留下了深刻的印象。

旅行会让我们离开熟知的世界，然后看到更多的东西。离开家之后，我们便很容易注意到影子，鸟，汽笛，天空变幻的颜色，某个房顶上的尖顶，通往河岸的下行台阶的模样；还有蹿到树上的松鼠的颜色，在马路上咕咕乱叫的鸡群的声音，焚烧垃圾、低潮、烤面包的味道。我们被熟悉的事物遮住了眼睛。汽笛声，各种味道，房顶和天空，这些东西也同样存在于你所熟知的地方。在家里，我们需要努力集中注意力，才能意识到这些，才能好好观察这个世界。

在开始的阶段，木匠的工作就好像让我来到了一个陌生的城市。这些新鲜感就是将最熟悉的事物进行了陌生化处理：我的厨房橱柜，通往卧室的走廊，还有浴室的瓷砖。

拆除队

在两份工作之间的几天间歇期里，我们会在玛丽的房子里工作。她房子的状态很稳定，永远都处于半完工的阶段，同时还有几英里长的待办事项要完成，总是有房间在翻新、改装。一天早晨，我们的工作是拆除她家的烟囱。

拆除队的人九点十五分出现在门口。

“这些人可不一般。”玛丽说。

拆除队把车开进了她家的车道，如同大风呼啸、大雨压境。几个人从巨大的自动倾卸卡车上砰砰地跳了下来。一共有三人，其中有两个年轻人，还有一个老板。他们仰着头看着屋顶，检查烟囱的状况。需要拆除的是从三层屋顶到地下室部分的烟囱。屋子里面有一面墙要彻底推掉，三面要拆到只剩下立柱，另外天花板也要拆掉。这些人就是来这做这些工作的。

“好了小伙子们，咱们上去。”领头的人说道。他是这个行业中的传奇人物，一个收集、处理垃圾的人，一个拆除专家。他留着卷发和八字胡，肚子看上去又大又硬，粗大的手指脏兮兮的，小腿和胫骨的皮肤上有粉色、红黑色的伤痕，像是颜色变深的干水果。他说话很快，经常不知道为什么就笑了起来，笑起来的时候会一边喘着气，一边飞快地看你一眼。

两个儿子和他一起工作。大儿子二十刚出头，和爸爸长得一点都不像。他瘦得皮包骨头，肩膀和后背都窄窄的，裤子拉得很低。玛丽说有一次他拆了一整天东西之后，在卡车边上做了一个单臂引体向上。他的大眼睛是蓝色的，金色的卷发垂在脸上和胡子上，看上去像是个民谣歌手。当他肩膀上扛着大锤头爬到房顶上的时候，就像是一个瘦版的雷神托尔。我完全没法从他身上移开视线。

另外一个小儿子，看起来更像是这个世界上的人，很像高中校园题材电影里的街头恶棍。他戴了一顶棒球帽，身穿紫色的宽松长运动裤，体型和父亲一样，不过肚子更软一些，脸上满是污泥，肉嘟嘟的脸颊让眼睛显得很小。玛丽转述了一个他的故事：有一次，他喝了一箱摩尔森啤酒，然后意外地用枪射到了自己的手。

他们工作的时候没有戴面具，也没戴手套。我很担心他们的安全。切割的时候砸碎和扔掉的废物、升腾起的灰尘、砖头和砂浆的碎片、绝缘材料和旧石膏的颗粒、铁锈和霉菌，全都进入他们肺里，再进入到血液之中。我几乎能想象到他们家晚上此起彼伏的咳嗽声。

两个儿子在上面的木瓦上脚步轻盈，轮流用大锤子砸碎砖块。他们把碎片从屋顶上扔到卡车的车斗里面。砖头带着流星尾巴一样的碎石头飞下来。整个街区都回响着砖头撞击卡车底盘的声音，以及那种石头和金属碰撞时叮叮当当的声音。

在儿子们干活的时候，父亲兼老板向我们介绍起他们的工作。冬天的时候，他就在皮卡前面装上雪铲，帮人清扫私家车道。他的花名册上有七十幢房子，都是扫了二十年雪的老主顾了，每扫一条车道一百美元。一场风暴下来就是七千美元，每个冬天平均有十场风暴。对于十个漫长的夜晚来说，这是一大笔钱。他聊起上个月做的一个拆除工作，那是在剑桥的一个六户房子。他们三个人把房子内部全都拆掉了，每天拖出约七吨的东西，拖了整整十天，赚了一万五千美元。

“这些都没有钓鱼难，”他说，然后讲起来二十世纪八十年代时他在锡楚埃特市外面一艘渔船上的见闻。

锡楚埃特是一座海边小镇，在波士顿南边二十五英里，工人们捕捉双髻鲨，卖到英国去做炸鱼薯条。他说他们用的网子有三十个足球场那么长，能拉到海面下三百二十五英尺深。“你永远猜不到这些网子能捞出来什么东西，”他说，“旧锚，一些船上的东西，有人类牙齿的鳗鱼，还有这么大的鱼，”那双像皮革一样的手比画着三英尺的长度——“网子里面每两英寸都有。三十个足球场那么大的网子里每两英寸都有！”他一边重复着，一边发出刺耳的笑声，眼睛睁得大大的。

他又说到开货运卡车送百事可乐和香蕉的事情。他还谈到养猪，以及去年九月杀猪的情形。猪得了冻疮，有一个蹄子肿得像个篮球那么大，所以他们只留了一些好的，剩下的大部分都扔在篝火里烧掉了。他说他每年举办三次大型的庭院旧货市场。他把这些年拆除工作中发现的宝贝摆满一桌又一桌。

“你永远不知道你会找到什么！”

到目前为止，我和玛丽在墙壁后面、在地板底下挖出了一些弹珠、一个纽约的车牌照、二十世纪初的报纸、绿色的塑料战士、一个女孩儿的白色溜冰鞋和一个小蝴蝶结上的花边。很难想象，这些东西会出现在墙壁里面、地板下面。仿佛这里曾有个小女孩，一只脚穿着溜冰鞋在滑行，另一只只穿袜子的脚在冰池上走着；或者是一群儿童坐在楼梯上面，把弹珠扔进一部分新墙壁的后面。

拆除工人滔滔不绝地说着话，在难得的停顿中，我问他是否还有其他儿子。他说起最小的儿子，“他是个天才，还得过市长发的奖呢。”但这个小儿子高中时出了些事情，最后被关进了收容所。“就像我说的，你永远不知道你会得到什么。”说着他又笑了，但又有些凄哀。

他的话让我想起母亲。母亲总想要和我分享她的智慧，所以从我十八岁开始，她就劝我在生孩子的问题上要谨慎。“你永远不知道你会得到什么。”这么多年里她一遍又一遍地这样说着。拆除工人说这话的时候，指的是墙壁后面的垃圾和宝贝，是有人类牙齿的鳗鱼，是关在收容所里的儿子。

我母亲说的意思是：“你可能最后生了个怪物。”

锤子博物馆

两个小伙子很快搞定了烟囱的工作。烟囱在这里已经存在了一个世纪之久，但拆掉它却花了不到一个小时。现在房子的中心是中空的立方体，就好像有人把手伸到喉咙里面，把食管取了出来。

他们开始拆墙壁和一层餐厅的天花板。伴随着噼里啪啦和砰砰的声音，大锤头凿进墙壁里，撬棒插进石膏和立柱之间，房子的很多地方掉落到地面上。厚厚的灰尘飘出窗口，飘散在空中。

大儿子细瘦的胳膊不时伸到外面，把一部分屋里的东西扔到窗户下面的覆盖物上。他用窗沿支撑着臀部，探着身体放下一个非常沉的袋子。他看着我，或者至少是我这边的方向，眼神很茫然。我朝他挥了挥手，他没有一丝笑容，很快又把身体拉进窗户里面。后面出来的是分别装着石膏和板条的垃圾袋，板条捆扎得很整齐，沉重的石膏碎块把塑料袋挤出锯齿状的角，像是外星人试图从怪异的黑色子宫里出来。

窗户外面的木头和垃圾袋越堆越高。两人伸出胳膊往外面卸废物的时候，胳膊上沾满了灰尘，变成了棕色。当他们开始拆除天花板的时候，屋里轰隆隆的声音变得更响了。

窗户里面出来的不仅有噪音和灰尘，还有房里的东西，这种感觉让人心绪不宁。拆除发生得太快，拆掉一座房子不应该如此之快，不应该只需要两个兄弟、四样工具和一卷垃圾袋。但实际上，可能需要的还没有这么多。曾经存在的房间有着四面墙壁和一个天花板，现在都不存在了。曾经是墙壁的地方，现在是几根厚重的柱子，两个房间变成了一间，厨房和之前的餐厅融为一体。屋子里其他的地方全都是立柱和空洞，还有深色的木头，房间里没有一点整齐的地方，一小堆棉状灰色绝缘物堆放在地上的角落里。这是一个只剩下框架的空间，这一切发生得是如此迅速。真实的、存在许久的东西，不到中午就被拆除干净了。

这就是房间的易变性，这就是大锤子的力量。

“我在阿拉斯加弄到了锤子。”锤子博物馆的 T 恤上写着这样的一句话，锤子博物馆坐落在朱诺市（阿拉斯加首府）以北九十英里的地方，展出超过一千五百个锤子。这里有雪茄盒锤子、医用锤子、铺路用锤子、拐角锤子。还有像斧头一样的锤子。以及测试奶酪质量的锤子。

1973 年，博物馆创始人戴夫·帕尔来到阿拉斯加，那时候他刚刚高中毕业，像拓荒者一样驾车而来。他小的时候在祖父的地下室商店里摆弄各种东西。“那个男人可以制作、修补任何东西。”帕尔告诉我。但除了在地下室里捣乱，帕尔几乎没有任何建筑经验。

1980 年，通过州里举办的抽签分配土地，帕尔和妻子在蚊子湖获得了一块五英亩的土地。他们一起盖了小木屋。他说：“直到我建了自己的水力发电站，这里才有了电。”没有插座的生活意味着没有任何电力工具，帕尔学会了打铁，他给自己锻造了一百多个不同的锤子。但这并没有激发起他对锤头的热情。

他和两个儿子一起到其他四十八个州旅行，这趟旅行让他了解了古董商店和跳蚤市场。

“我买了一个自己永远都不会用的锤头——一把医用锤头，就是医生用来敲你膝盖的那种——我的收藏就是从这个时候开始的。”

在夏日的数月中，帕尔在码头做工。从家里开车三十英里到达码头，他把船绑好后就在镇子周围等待，邮轮驶入海恩斯，等到每晚游客回到船上，他就解开缆绳。几年前，海恩斯主街上有一处荒废的房子在出售。帕尔知道这是他展览收藏品、邮轮乘客靠岸观光的绝佳之处。再加上他的妻子卡罗尔刚在家里实施了不超过一百把锤子的限令。

“时间点很重要，”他说，“这不是我真正计划的事情。事情刚好发展到这一步。”

把房子收拾好花费了一番功夫。打地基的时候他们用到了手铲、独轮手推车和雪橇。在挖掘的过程中，帕尔挖出来一个特林吉特人（阿拉斯加南部和英属哥伦比亚北部沿海地区以航海为业的美洲印第安人——译者注）的勇士鹤嘴锄，也被称为“奴隶杀手”。他把鹤嘴锄放在博物馆里展览。鹤嘴锄的表面光滑，形状似生殖器，质地是白色的石头。展览鹤嘴锄的介绍卡片上说：“据说，鹤嘴锄有约800年的历史。最初鹤嘴锄上有一个雕刻精美的把手，每建好一幢新的长屋，人们会将一名或多名奴隶埋在角柱下献祭，祭祀仪式中会使用鹤嘴锄。”

“发现鹤嘴锄是一种预兆，”帕尔说，“这让我感觉到我做的事情是对的。”

“锤子如此简单，种类却又如此之多。不过是一块铁插在一根木头的一端，但变化无穷。”比如，叫花鸡锤子来源于中国，以前的用途是打碎黏土的外壳，或者是做叫花鸡时包裹在鸡外面的生面团。再比如扁桃树锤子，橡胶做的一边看起来有点像没有凹进去的马桶皮吸碗，人们用它敲击扁桃树的树干，坚果就会随之掉落下来。

“人们需要知道这些故事，”帕尔说，“就算是做鞋子，也需要多种多样的锤子。现在人们都想不到这一点。”当我们说起现在人们缺少亲自动手的意识的时候，帕尔有些支支吾吾，“这种生活方式也有益处。”他说起自己养孩子的时候还没有电的事情。“世界在变化，”他继续说，“但我不会提倡别人也这么做。”

然后，他又回到了博物馆导游的模式：“如果你要聊到木工的话，那最重要的锤子就是羊角锤了。”

这一点我倒是很赞同。

砌墙

咖啡厅的老板请我和玛丽建一堵墙，把厨房从用餐区域分割出来。这家位于英曼广场的咖啡厅兼卖意大利烤面包、意大利面和披萨。服务员在几张小桌子间的狭小空间里迂回，一排忠实的回头客夹杂在其中排队等候着外带食物。需要砌墙的位置现在放了一个矮冰箱柜，上面放了几块胡萝卜蛋糕、几瓶佩洛尼啤酒和几罐橘色的圣培露矿泉水。

透过咖啡厅前面的大玻璃窗，可以看到外面的广场。街对面有家名叫德鲁伊的昏暗小酒吧,是冬季周末下午小酌几杯的最佳之选。沿着马路一直走，有一家木地板咯吱作响的老书店，有全城最好的冰激凌店，海鲜烧烤店，早午餐很受欢迎的爵士酒吧，还有一个左撇子咖啡店。附近诊所里服用美沙酮的患者常常带着腕带、眼神空洞地在咖啡厅外徘徊。

这是个很好的街区，我曾在这里和一个老朋友合住了四年。以前我在这家咖啡厅买过三明治，现在我来这里工作，准备砌职业生涯中的第一堵墙。

人类的第一堵墙可能是肉做的，就像奥维德写的：“我们栖息在母亲的子宫里……直到大自然希望我们不要再挤在狭窄的墙壁中……她便把我们从第一个房子里面赶出来。”

在子宫和洞穴之后，人们晒干动物的毛皮，把它们吊起来做成帐篷。中世纪起，人们开始把吃饭和睡觉的地方分隔开。为了安全、取暖，一家人会睡在一间屋子里。随着卧室数量增多，供全家人围炉取暖的较大居家空间不再只有一处，这些都与阅读崛起的时间相吻合。墙壁起到保护的作用。它们把一些东西隔绝在外（如虫子、小偷、邻居、烦人的兄弟、熊、风），同时把一些东西保存在里面（如温暖、秘密、全家人晚上的安全）。

在新英格兰，和第一批殖民者一样古老的石墙在田野和森林中蜿蜒，石墙一边是花栗鼠和花纹蛇的小窝，另一边分隔开草地和农田。1872 年美国农业部的一篇报道中称，新英格兰有长约达二十四万英里的石墙，犹如一条弯曲的脊柱。现在没有任何官方的统计，但是据估计，目前仍然存在着一半长度的石墙。这些石墙赋予了整体风景朴实之感。它们标志着人类曾经一砖一石的努力。每一块石头都是人们用双手搬起来，用牛拉过来，一块一块摆放好的。人们把田野清理干净，圈占土地；人们把野兽关进围栏之中，为家族的墓地建起栅栏。

墙壁证明了人类情感上的需要，这和结构上的需要一样重要。墙壁让我们不必经受风雨，不必见到陌生人。墙壁保证我们的私人活动和生活不被人所知。墙壁让我们不必把缺点和恐惧暴露在外。墙壁传递出的信号是：我们是脆弱的。

咖啡厅在我和玛丽施工的时候暂停了营业，这让我们的工作有了一些紧迫性。把冰箱推出去之后，我们在天花板上装了一块 2×4 的木板，然后在地面上平行的位置装了另一块。在两块木板的左右两边我们各放置了一块木板，这两块木板垂直于地面和天花板，这样就形成了一个长方形的空间。我们测量并标记了立柱，立柱就是构成墙壁框架、支撑水泥的直立木板，由多层纸面石膏板或胶合板构成。

有一次，我们在一个厨房里安装吊架，我看着玛丽用手指关节敲击着墙壁。

“我正在找立柱，”她对我说，“纸面石膏板是挂不住架子的。你要确保钉子钉在了木头上。”另外一种办法就是在墙上打洞，直到你打到了什么东西，比如当你钻上墙壁后面的木板时，会感觉到对抗力。但这种方法会把墙壁钻成瑞士的蜂窝乳酪，因此不太常用。玛丽沿着墙壁敲击着——空洞的当当声响，而后是几下沉重的砰砰声。“听到没？”她又敲了敲，“听到没那么明显的回声了吗？这就是立柱。”她用铅笔在墙上做了标记，把架子的支架放在标记位置上，用螺丝把它固定在纸面石膏板后面的木头上。她拉出卷尺，在相距约十六英寸的位置又敲了敲，这里同样发出沉重的砰砰声。我觉得她的眼睛像X光一样可以透视墙壁。“中间的距离是十六英寸，”她说，“一般来说，每隔十六英寸就能找到一根立柱。虽然有几百万个理由可以不这么做，但这就是规矩。你可以去买那种会发出哔哔声、会亮灯的立柱探测器，也可以敲墙壁，听声音。”

此刻，我们标记好了咖啡厅里墙壁立柱的位置，每个立柱的中点和相邻立柱的中点相距十六英寸。我把木板竖直立好，玛丽先把木板钉在地面的木板上，之后钉在天花板的木板上，她需要把一颗三英寸长的钉子斜着钉进去——“斜钉”这个词指的就是将钉子倾斜，同时钉进垂直和水平的木板中。她在立柱底座的每个边上都钉了三颗钉子，上面的每个边也钉了三颗钉子，十二颗钉子可以让立柱稳固、可靠。

她钉钉子的时候既有力量又十分精准。三五下敲击之后，钉子就进去了。我觉得这是很基础的工作。我胳膊有力气，以前也用过锤子，这能有多难？

玛丽把锤子递给我，蓝色的橡胶把手上还带着她手心的温度。然后，她就和两个女店主聊天去了。

“如果什么时候你想要换个工作，改行做餐饮、办酒席了，就和我们说。”其中一个店主对玛丽说道。

“看在过去的分儿上。”玛丽笑了。

“你以前在这工作过？”我问她。

“以前的事情了。怎么也得十年之前了吧？这就是为什么我对蛋白质在冰箱外面能放多久这个问题这么反感。”

玛丽工作时会自带午餐，她的午餐并不是匆忙打包的金枪鱼三明治和几袋薯条。她的密封塑料盒里飘出浓浓的香味，里面是火腿和白豆，配大蒜西红柿酱，还有前一天晚上烤好的肋排。她在食物方面很精心，很善待自己的胃。

她们聊天的时候，我拿起了锤子。我用左手捏着闪闪发亮的三英寸长的钉子，使劲盯着小小的螺丝头，把它放在 2×4 的木板上。我照着玛丽做的，把钉子瞄准在某个角度，这样钉子就能穿过竖直的立柱，钉进地面上水平的木板里。聊天的噪音淹没在我的聚精会神之中。我试图把钉子尖按进木板里，给自己开个好头，这样在我钉钉子的时候就能利用这个小洞的杠杆原理。但钉子移动了位置，我重新放好，用大拇指和食指紧紧捏住钉子。

我举起锤子敲了下去。钉子飞了出去,在地板上叮叮当当地滑到了一边。

我又从盒子里拿出一颗试了试，有点杠杆作用，有点金属钉进木头的压力，成功来得太快。我又敲了一下，钉子向左边一歪。我从相反的方向用力敲击，想要把钉子正过来，连敲了三次，砰，砰，砰。在冲击之下钉子弯得更厉害了。这几颗钉子全都报废了。

“飞了一颗，废了一颗。”玛丽说道。

这真是个灾难，我只好用羊角锤把弄坏了的钉子从木头里拔了出来。

我又试了一次，这一次我砰砰砰地敲了八次，金属穿过木头，把两块木板钉在了一起。

我的心脏也因为用力而砰砰直跳。搞定一颗了，还有十一颗钉子。

没想到钉子是这样一个坏蛋。钉子有一种智慧，一种阴险的特质，它是一个微不足道的东西，一个不合作的敌人。敲击的方式错了，金属好像就变了形状，从一个牢固、结实的东西变成了脆弱、被压坏、扭曲的东西。被弄弯的钉子是一个丑陋弱小的东西。但之后，沮丧的感觉就回到了它本应该在的地方：拥有智慧的并不是钉子。我的胳膊和我的目标成了我的敌人，技艺不精的自己就是我的敌人。

我继续干活，手肘上面的肌肉部位随着发力在燃烧，大拇指柔软的指腹上生出了一个硬币大小的水疱。

“我糟糕透了。”

“你并不糟糕，”玛丽说，“你只是需要上百次的练习。”

“如果一开始敲击得过于用力，钉子就会变弯，或是偏离正确的方向，这个时候要被钉入的木头几乎不能产生任何支持力。”在一本于1866年出版的《木工活手册》里，作者以这句话开始指导人们如何钉钉子。技术、耐心、力量、即便这些都具备了，还是不能保证成功，“有的时候，哪怕已经最小心了，也还是没办法保证把钉子钉正。”

我观察玛丽如何使用锤子。她握锤子的部位比我靠下，我也往下拿了一点。她挥动锤子时的发力部位是肩膀而不是手肘，而我正是用手肘发力连续猛击的，我也调整了挥动锤头的方式；她开始时比较柔和，之后加大力量，我也不再从一开始就使出全力，而是随着每次挥动逐渐增加力道。

我数了玛丽敲击的次数，数了我自己的次数。

砰，砰，砰，她的钉子进去了，开始钉下一颗。我的情况是，敲击的次数翻倍，不时发出砰——那种断断续续的声音，还有连哄带骗的话（来呀，别弯呀，从这滑进去呀，哥们儿），这就是区别。

玛丽是个身材娇小的女人，我比她高两英寸，比她重二十多磅，她的手腕纤细，肩膀窄小，裤子会从她的腰上滑下来。有一天，她不得不用电话的分机线当了腰带。要不是她的力量和风度如此反差，要不是她肩上扛着八十磅重的水泥袋子就像举着一袋子松针那样轻松，确实可以用“娇小”这个词来形容她。但是，她打喷嚏的声音却是我认识的所有人中最女性化的——那一声尖尖的“啊啾”每次都会逗笑我。

当天下午早些时候，我们完成了墙壁的框架部分，看起来像是一个可以走过去的木笼子。当我们把立柱装好、锤好、钉好之后，又把一层层的纸面

石膏板拧了上去。我们用带网眼的胶带盖住了螺丝孔，填满纸面石膏板之间的缝隙，玛丽在上面涂满了干墙腻子。干墙腻子又白又黏稠，看起来真的就像牙膏一样。完善和镶边工作包括：踢脚板和底帽，以及做顶冠饰条，把墙壁和天花板融合在一起。之后再刷几遍涂料。最后，我们就得到了一个坚固、持久的东西：一个新的房间。

真是难以置信。当我们第二天在咖啡厅吃午餐的时候，我迸发出这样的感慨。开始的时候这没有墙，现在有了。这看起来像是魔法一样，但又是如此简单。我真的不敢相信！

"你可以盖一座房子。"我对玛丽说。

"我从没做过外墙的框架。"

"区别很大吗？"

"并不是。"

"你之前想过吗？"

玛丽转动叉子，卷起意大利面。"我想去阿拉斯加，"她说她要带着她的狗住到荒野之中，"没有任何人我也能做到。"

那天下午完工以后，我沿着熟悉的街道散步，急于体验那种走在曾经住过的地方但口袋里没有前门钥匙的感觉。这里没什么改变，美好的回忆像强大的水流一般汩汩流动。路过以前一个邻居家的时候，我想起曾经住在这的男人，那个头脑简单的金发男人穿着紧绷的卡其裤到处滑着单排旱冰。我和室友在附近碰到他的时候，他就会这样对我们说："我总是看到你们这些人在酒吧进进出出的。"他说这话的时候毫不掩饰他的轻视。路过他的公寓的时候，我骄傲地想他可不知道怎么建墙壁，尽管那天我把半打钉子锤得面目全非，但自鸣得意的号角仍旧嘟嘟作响。

我继续往前走，又路过了几幢房子，另一个老邻居从门口出来，那是个留着胡子的高个子中年父亲。我记得几年前一个夏天的下午，我看到他在人行道上流着眼泪，手里拿着一根狗链，那天他家里两岁的金毛狗死了。“她的心脏刚刚停止了跳动。”他抽泣着说。

我路过的时候他认出了我。“好久不见，”他说着朝我挥了挥手，“报社的工作怎么样啦？”

我的自鸣得意就像风中的锯木屑一样被吹散了。“哦，你还不知道呢，实际上我离开报社了。我现在还是自由职业者，不过在给一个木匠做助理，我们刚刚就在街角那边工作，在咖啡厅建了堵墙，这差不多就是我的新生活——”我像是手不着地来了个空翻一样，血液压迫着我脸颊上的皮肤，自己都不是很相信在谈论的是自己。

“嗯，听起来不错，那你的工具腰带呢？”我能感觉到他的戏谑。

这时候他的妻子也走了出来，她有着北加利福尼亚式的美丽，不施粉黛，浓密的头发，光滑的皮肤，脚上穿着运动拖鞋。

“我们的老邻居现在以钉钉子为生。”他告诉她。

我紧张地笑了：“嗯，算是吧。”

我们在人行道上的银杏树下又聊了几分钟，然后我就找借口离开了。我继续沿着这条熟悉的路向前走，路过了那个看起来像帆船的公寓楼，路过了小游乐场，路过了门廊上拴了一堆自行车的房子，路过了我的老公寓，我们的女房东曾经在门前的露台旁边、土壤肥沃的地方种满鲜花。

离开咖啡厅的时候我心想，看看这墙，这是我们砌成的！但是，熟悉的街道再一次提醒我，曾经的我是怎样的。这就像是一场令人紧张的看手势猜字谜游戏。我和邻居之间的谈话，听起来我好像对一切都感到怀疑，甚至对我自己都感到怀疑。

所以，我走回去，偷偷向咖啡厅里张望，好提醒自己那面墙是真实存在的，是我们砌了这面墙。它还立在那里。我想要进去拍拍它，轻轻踢它一下。砌墙是让人冷静、沉稳的过程。墙壁带来的持久、力量和控制感是在我意料之外的，但我却格外喜欢。

完工后不久我去看了咖啡厅的网站。他们把工作进程的照片放到了网站上。很多人在下面评论。

“以前没有墙的时候比较好。”

“我理解他们为什么这样做，但我希望他们没这么干。”

“饭还是一样的，谁会在乎墙？”

修理飘窗

几个星期之后，一份工作将我们带到了布鲁克林的一幢大房子里。布鲁克林位于波士顿西边的富人区，这个房子的主人是一对俄罗斯夫妇，他们有一个年纪不大的儿子。我没有遇到丈夫，但是妻子瘦得让人替她紧张，他们的儿子脸色灰白。虽然他们的房子很大，但是房间几乎都是空的：一个房间里放了一张长沙发和一个桌子，另一个可能是餐厅的房间里只放了一把单人椅。我们说话的声音和锤子敲打的声音回荡在地板上方。

我们来这里修理房后一个腐烂的飘窗。我站在后院的草坪上，看着玛丽爬上梯子，梯子距离地面大约十五英尺高，她用一根蓝色的大撬棒把墙面板和板条一块块地撬了下来。

在开始的几个月里，我花了很多时间看着玛丽工作。我拿东西、砍东西、搬东西，然后就是观察。而且我们总是需要不停地打扫。虽然玛丽的地下室工作间杂乱无章，她的货车也处于混乱的状态，但她却会不停地打扫施工现场。每天收工之前，切最后一块东西、钉最后一颗钉子之后，我们会用半个小时甚至更长的时间扫地、吸地、整理、收拾工具。如果第二天还要继续施工的话，我们会把木头提前整齐地堆好。总之，走的时候要把东西打扫得比来的时候还要整洁。

在俄罗斯人的家里，玛丽在窗边工作的时候，我就站在一旁，看着里面的东西露了出来。窗边 2×4 的木板从底部一直延伸到顶梁，构成了窗户的框架，顶梁是延伸到窗户外框的重房梁。撬东西的时候，玛丽瘦弱的胳膊上下活动着。

她用撬棒敲了敲顶梁，扭过头看着我。

“顶梁可以让真正的窗户结构不去承受墙壁的重量。”

我收拾好玛丽扔到草地上的房屋碎片。窗户周围的凹洞看起来像是伤口一样。

弄到左下角的时候，她停住了，然后摇了摇头。

“不好。”

“怎么了？”我说。

“这可不好。”

玛丽的声音透露着不祥：“虫子。”

涂料和纸面石膏后面的木头正在腐烂，也许过程很缓慢，但虫子啃噬着支撑房子的梁柱，水分浸入，真菌大摆宴席，软化了木头的纤维素和木质素。

我叔叔曾被诊断为肺癌，医生们打开了他的胸腔，摘除了半个肺。当医生扒开他的肉往里看的时候，发现癌细胞已经在两个肺里和周围部位扩散了，不宜动手术。于是医生又把胸腔缝合好，什么都没做。伊壁鸠鲁写道：“人类在对抗疾病的时候可能会找到防护措施，但是面对死亡的时候，我们是住在一个没有墙壁的城市里。”你可以造一个棺材，但你不能造一堵将死亡拒之在外的墙。

木蚁把部分窗框变成了美食。我看不出来情况有多糟糕，但我能看到这幢房子上的伤口，还能看到玛丽站在梯子上摇着头。

“是纸浆。”她说道，然后抓了一把纸浆，让它们像潮湿的雪花一样坠落到地面上。

我看着窗边的洞展开联想，我们做了些什么？修补，缝合，然后收工走人。我们怎么可能在天黑之前修理好？怎样才能补上漏洞，这样晚上浣熊、大灰狼或者蜘蛛就不会爬上来把那个面色灰白的小男孩儿抓走？要是下雨了怎么办？

玛丽冲我喊着测量好的数字，我按照这些数字把 2×4 的木板锯成木条。玛丽把木条插到窗框的槽里，支撑住原有的木头，替换掉腐烂的部分。我们把电锯架在后院和私人车道之间，我在两个地方之间走来走去。锯屑喷洒出来落到人行道上，落在水泥地的坑洼里，随之飘来的松树味道美好又干净，那是圣诞节的味道，是新生的味道。用斜切锯锯木头的时候发出了尖锐的声响，我希望周围没有小宝宝在睡觉。玛丽站在梯子上，身子探进砸开的洞里，往里面喷洒了大量消灭木头蛀虫的毒素。我屏住了呼吸，希望她也屏住了呼吸。

不谈准确数字的时候，我们也可以流畅地表达出测量的长度。把这个切掉一个刀片，她会这么说，然后递给我一块 2×4 的木板。斜切锯的切口——锯木头的时候凹槽的宽度——就是八分之一英寸。半个刀片就是十六分之一英寸，但这是个考验眼力的活儿，卷尺还是别在裤子上吧。不到半个刀片的意思基本就是要照着切片的厚度来打磨了，也就是用小一点的锯齿去切木头。一点点是她最常用的长度。再来一点点，她会这样说。我通常把这理解为没到一个刀片的长度，但是比半个刀片要长。如果玛丽想要让我切掉一丁点东西的话，她会眯缝起眼睛，把大拇指和食指比在一起，几乎透不过来一点光线，然后说，“一毫秒，去掉一毫秒那么长吧。”我喜欢她用时间单位指代距离。一毫秒的意思就是几乎没有，因为你没法看到一秒，或者这只是我自己的理解。

俄罗斯太太带着儿子走到后门廊查看进度，玛丽提醒她小心头顶排水槽那里黄蜂的蜂巢。一连串的斯拉夫语单词冒了出来，女人赶快把孩子抱到厨房里。

“我们要怎么搞定这里呢？”吃午饭的时候我问玛丽。

“和平常一样，一点点来。”

我还是不相信，我都能想象出，晚上动物们会从墙上的洞里钻进来。

看着玛丽干活的时候，我试着把学到的东西在大脑的柜子里整理分类，由此获得了大量优越感。走在马萨诸塞大街上，穿过哈佛广场，站在杂货店放麦片的货架前，我打量着路过的人，会这样想：我打赌他不知道怎么拆窗户框；我打赌她不知道厨房和卫生间需要用绿色的纸面石膏板，这种石膏板比普通石膏板更重，防潮性能更好。

契诃夫在短篇故事《大学生》里曾写道，在阴冷的春天傍晚，一个年轻人穿过树林，他灰心丧气、消极悲观。他沉思着：“同样破了窟窿的草房顶，同样的愚昧和苦恼，同样的满目荒凉、黑暗和抑郁的心情——这一切可怕的东西从前有过，现在还有，以后也会有。因此即便再过一千年，生活也不会变好。想到这些，他都不想回家了。”

他在寡妇母女家门口停下来，在篝火旁取暖。那天是耶稣受难日，他给她们讲述《福音书》中的故事，就是彼得背叛耶稣的那一段。老寡妇流下了眼泪；年轻的寡妇看起来像是在“压制着极大的痛苦”。大学生和她们告别之后，突然想到，如果她们这样有感触，“刚才他所讲的一千九百年前发生过的事就跟现在，跟这两个女人，大概也跟这个荒凉的村子有关系，而且跟他自己，跟一切人都有关系。”他感觉到无比的快乐。“过去同现在，他暗想，是由连绵不断、前呼后应的一长串事件联系在一起的。他觉得他刚才似乎看见了这条链子的两头，只要碰碰这一头，那一头就会颤动。”一种“充满奥妙和神秘的幸福”浮上心头。

恐惧并没有消失，一千年之后仍然会有无知、痛苦和破了窟窿的房顶，但是连接我们的绝望变成了喜悦。我想，那个大学生感觉到的是一种同步的存在感，一种完全的设身处地，可以将自己消融在比自己更为广大的事物之中。

在某些瞬间，比如用锤子把钉子敲进木头里的时候，当我的身体和我正在做的工作同步的时候，当我成为手掌，成为锤子手柄，成为肩膀做出的动作，成为手肘的时候，我唯一能感受到的就是这个动作，以及锤子头和钉子头之间的联系，还有金属滑进木头的感觉。我和故事里的大学生一样，完全处于当下，但也将自己消融在更为广大的事物之中，消融在锤钉子的历史之中。

当我专注在动作中的时候，墙壁消失了，所有的分隔和障碍都消失了。

回声响起，巨大的爆炸声前后回荡。每一秒钟，相较曾经的自己，我们都有所失去，这和十个世纪之后屋顶依旧漏雨一样。我们所有人在某个时刻都不宜动手术。当墙壁筑起，我们在空间中简单地挥动工具，或分享一个故事，就可以和墙后的东西连在一起，这样的时刻里我们不必面对巨大的冷漠之墙。而我们感受到的，不再是害怕、巨大的恐惧和绝望，反而可能是平静和喜悦。

并非每次举起锤子都能感受到这些。一般我能感受到的，只是弯了的钉子和淤青的手指。大部分时间这只是工作而已。一旦时机成熟，这种经历会和我的动作一样前前后后地敲击我，而连接我们之间的线也开始闪闪发光。另一扇门打开了，这扇门在光线幽微的瞬间让我们通向永恒。

当我走在熟悉的街道上，或站在售卖麦片的货架旁，想着因为我知道“两个立柱中点相距十六英寸”是什么意思，进而觉得自己非同凡响的时候，我应该想到更多东西。事实是，我并没有比别人知道得更多，只是知道了一些很多人曾经知道、现在知道、以后会知道的事情。

下午四点半的时候，我们在俄罗斯人的家里完成了窗户框架部分的工作。我们把墙面板重新装好，补上了漏洞，消灭了蛀虫。我们密封、修理好了窗户，拆掉了腐烂的部分，替换成结实的新木头。新的窗户框既结实又稳固，房间的里外又回到了正常的分隔状态。这几乎就是奇迹了，我们真的可以在一天之内完工。玛丽站在梯子上，我站在下面举起双手。

“我真的不敢相信！”

玛丽笑了。

安妮·迪拉德在一首诗中写道：

红木，应该是真实地，存在在这个世界上，

而不是没有红木。

这声音在他的脑海中回响

就像铜锣的声音一样……

我知道那种铜锣的声响，那天下午我的脑海中也响起了铜锣声。这是可能的，这是世界上真实发生的，这是多么简单的事情。它算不上什么奇迹，不是吗？撬开一幢房子，拆掉腐烂的部分，把松木砍成块，让墙壁最后重新变得坚固。这件事仅仅关乎知识和工具，这件事每天都会发生。但事实和真相是，有人做了这件事情，而不是没做。那里不是一个洞，而是一面墙。迪拉德指出，人们能够辨识出寻常之物，能够给予我们周围那些牢固而普通的事物肯定的、接纳的拥抱。“现实的世界环绕着他的脑海，就像树木上的年轮一样。”她写道。在标记岁月的年轮里，在铜锣的回声中，在窗户的框架里，在每日都能见到的坚不可摧的东西里，我们找到了真实。在爱里，亦是如此。对于所有人类而言，你存在了，而非没有存在，同时我又找到了你。这就是奇迹，是不是？也许这更接近于一个恩典的时刻，这种觉醒带着仪式般的重量，把我们和世界连结在一起。

那天下午我们收拾好面包车，把电锯、梯子和木材装好后收工回家。在回家的路上，玛丽聊到了黄蜂，她说蜜蜂在冬天的时候会在蜂巢中挤成一团、扇动翅膀来取暖。她对我说：“是不是很不可思议？”

第×三×章

螺丝刀

静物的任性

你要比工具更聪明。你拥有大脑，拥有思维的能力，但螺丝钉只是螺丝钉而已。

木｜匠｜格｜言

13. 对于木匠活而言，没有退格键，没有撤销键。

14. 最重要的事情是知道什么时候停下来。

15. 很大一部分木匠活就是找出弥补错误的办法。

16. 技术、耐心、力量、即便这些都具备了，还是不能保证成功。

17. 墙壁带来的持久、力量和控制感是在我意料之外的，但我却格外喜欢。

18. 当你的手指抚摸着一块原木、一把木制搅拌勺或一块楼梯扶手的时候，你能感觉到来自自然的颤动，来自熟悉事物的温度，以及“它属于土地”的微弱哼鸣。

搭建露台

随着时间的流逝，我的经验也在不断累积。到白昼渐短、气温降低、与玛丽一起工作的第二个秋天里，我们来到萨默维尔市 93 号州际公路附近的一个街区，搭建了一个小露台。

整条街密密麻麻地建满了三层小楼。街道尽头，经营汽车修理厂的老人坐在车库外面的折叠椅子上，看着来往车辆；附近正装租赁店的橱窗里，穿燕尾服的模特肩膀上落满了灰尘；而街角的那家潜水商店我从没见到有客人走进去过。街边的私人车道上停着汽车，汽车的保险杠上贴着巴西国旗贴纸。

我们施工的房子就像是从建筑设计杂志上撕下来的特写照片一样有着一尘不染的混凝土输送管和设备完善的屋顶平台。在周围的房子里的对比下，它是如此醒目。这幢建筑四周设有四条出入通道，均通往被排灯照亮的高吊顶空间，每条通道都有一个小前门廊，一个有几层台阶的小露台。其中一个小门廊被弄坏了。

一个健谈的邻居说是楼里的一个住户开车撞了进来，但是这条路又短又窄，真不知道这个人怎么办到的，能把小露台和汽车全毁了。

我和玛丽都戴着帽子、穿着羊毛袜子和背心。那天早晨有点冷，我们看见了今年的第一口哈气，这可是个季节性的标志。我们先把老露台上留下的东西搬走了，然后用棘轮卸下螺丝，把旧木头堆在一边。

空气干燥，太阳明媚。天空是秋天特有的深蓝色，一切看起来都好像锐化了一般。橘黄色的电线像蛇一样明晃晃的，从树篱上面一直爬到我们的电锯这里。某一家厨房的窗户旁，高高挂起的动态雕塑轻柔地飘动着，红色的造型显得既富有工业化气息又精致美丽。海鸥落在屋顶上又飞走了。

我们很快完成了框架的工作：四条横跨的长拖梁，两级向下的台阶。我们把拖梁固定在外框架上，把电镀的钉子敲进支柱里面，最后用长粗方头螺栓把所有东西都固定好。我们一遍遍转动棘轮，上紧螺丝。

那天早上我和玛丽的工作很同步，期待着彼此的动作，锤头挥舞得颇有力量。我们的目标准确，很少交谈，都专注于工作。这是工作中的新乐趣，我们在某一天达成了这种默契。我们的互动并没有想象的那么多，就像是随着河流起起伏伏一样，这是一种亲密的流动性。敲击钉子的声音响了起来，我们拧紧螺栓，动作同步的就像镜子里面和外面。太阳在天空中改变了位置，清晨渐渐变得温暖。工作让我们暖和起来，于是衣服被层层脱下。

重新修建露台的时候，我们使用的是巴西胡桃木，这种木材上面有鲜艳的红色斑点。用电锯锯升胡桃木的时候，会闻到肉桂、糖蜜，还有点巧克力的味道。巴西胡桃木还有其他的名字，比如安不亚，因不伊亚，卡尼莱不依亚。不知为何，这些单词听起来就和闻起来一样；易培（不同的人可能会发“易培”和“爱培”两种音）是它的另一个名字。人们也会称它为铁木，这也很形象——

巴西胡桃木在水中会沉底。随便拿起一块胡桃木，你马上就会发现，它和我们熟悉的木头不在一个重量级。像羽毛一样轻的雪松重量是每立方尺二十二磅，而坚硬结实的橡树密度很大，每立方尺有四十三磅，易培则是每立方尺六十六磅，它的密度非常大，所以我们要先用一种特殊的尖头钻在安装螺丝钉的位置钻孔，通过螺丝钉来固定露台木板和框架。钻孔的时候钻头柄温度太高了，我们不得不停了下来。钻孔的地方飘上来几缕烟雾，带着一股棉花糖的香甜味道，还有辛辣的后调，这种陌生的刺鼻气味和从烟囱里飘出来的味道感完全不同。我们吹着钻头，给它降温，又在空中挥舞着电钻，降低金属的温度。我们已经弄坏一个钻头了。那个钻头温度过高，在钻孔时断掉了。当我把剩下的小钻头从电钻上拿下来的时候，我的袖子挽在上面，它正好落在了我前臂的皮肤上，留下了一个钻头大小的红色烙印，让我疼了一整天。

吃午餐的时候我们讨论起木头，木头的寿命，还有木头对于潮湿、虫灾的抵抗程度。玛丽说她开始看到很多合成木露台，非常痛心疾首。切割合成木的方法和切割普通木板的方法一样，但是切割合成木的时候飞起来的是塑料，而不是木屑。

“我明白为什么要用合成木，但谁会在意这东西能不能用到世界末日呢？我是个木匠，不是个塑料工人。”

我们坐在地上，旁边就是在建的露台。那天我们吃午饭的时间稍早一些。玛丽的一天从凌晨四点半开始，有的时候还要早。她从不吃早饭，只喝一大杯加了奶油和糖的康恩都乐咖啡。每天早晨，她都要到邻镇费尔斯去遛狗，那里有一片三千四百英亩的自然保护区。这个季节，她在树林中遛狗的时候天还是黑的。回家之后回复邮件，做些琐事，然后就开始工作。她的早晨如此之长，不吃早餐却能正常工作，让我很吃惊。我是那种起床五分钟之内就要吃早餐的人。

“你能想象每天呼吸塑料颗粒的感觉吗？”她说，“你会讨厌那种感觉的！”一想到我们会吸入的东西，我就觉得很紧张，虽然玛丽会嘲笑我，但她也能理解我的恐惧，这让我感到一丝欣慰。

“用这些材料干活的话，你觉得哪里不对？”

她没有把话说完，只是看着我，好像这原因显而易见，不言自明。我想她要说的是：这就好像做饭的时候不用奶油做的黄油而用人造黄油——既是化学制品，味道又不对。那种东西缺少灵魂，缺少精髓。从加工方式上来看，“木头替代物”、聚酯和代糖的意义是相同的。

实木会带来很多麻烦：它会受到天气的影响，雨雪和太阳也会对它造成损害。它会腐烂。霉菌会生长、扩散。虫子以它为食。它的裂片会附着在脚底或手掌柔软的皮肤上。合成木是由塑料和锯木屑、纸浆等木头产品组成的复合材料，它不像实木一样那么难打理。虽然也会受到环境的影响，但合成木无须处理、染色或抛光。像白蚁之类的蛀虫不会啃食合成木。合成木也不会裂成碎片。开始的时候合成木通常比实木要贵一些，但是时间越长可能就越便宜，因为你不用再管它了。虽然在实验室和工厂里，制造商已经进行了各种尝试，但他们还未能成功生产出和实木看起来一样的假木头。这就像是印着豹纹的人造皮草，虽然合成木的纹理和自然的纹理相似度很高，但也只是相似而已。

实验室里生产出来的东西会让你觉得和自己息息相关吗？对于不需要精心关照的东西，你可能会真的付出感情吗？木头漩涡般的纹理，木结和并不完美的地方，木头的裂痕和脆弱之处，所有这些都让人感觉舒服，因为我们明确地知道它们是从哪里来的。起初，是尘土、种子、日照和水，之后就长成了树。这是自然的产物，从这棵树上锯下来的木头做成了木板。可聚氯乙烯、聚乙烯、聚丙烯又是什么呢？

在《神话学》一书中，罗兰·巴特对木制玩具的消失感到痛心，取而代之的“不雅致的材料”，“破坏了所有的愉悦、甜蜜以及触感中的人性”。木头是“一种亲切、富有诗意的物体，它不会割断孩子们和树木、桌子、地板之间亲密的联系”。他说的是玩具，但这个道理在此同样适用。合成木材做的露台，虽然易于维护，但却隔断了我们和事物本质之间的联系。当你的手指抚摸着一块原木、一把木制搅拌勺或一处楼梯扶手的时候，你能感觉到来自自然的颤动，来自熟悉事物的温度，以及“它属于土地”的微弱哼鸣。但是，如果你把手放在 PVC 露台上，你听不到任何低语，它和树荫、和松树的汁液没有任何关系。

当我们亲眼见证田野四周栅栏上的木头和林间小路上倒下的树干慢慢腐烂，看着它们改变了颜色，从鲜艳的棕红色褪色成灰色、绿色，最后变成黑色，看着它们改变了质地，从结实坚固到树皮片片脱落，被虫子啃食，被雨水浸泡变软，在时间和湿气中被分解成一摊泥状的物体后，在某种意义上这能够带给我们安慰，因为在时间的长河中，我们自身的消耗、软化和弱化，与这一过程异曲同工。我们无法在人造木头上找到与存在有关的任何安慰，它们不会随时间而变化。我们并不会嘲讽它相对而言的不朽，只是它无法诉说任何东西。但巴西胡桃木却在诉说着，当我为建造台阶和露台平台砍木板的时候，它在诉说，关于它的重量，它的硬度，还有时间。

天气、工作、晴朗的天空，还有这几个月举电锯、靠墙举着橱柜钉钉子时练就的臂力，这些都让我觉得很舒服。在户外，搭建一个你能够站在上面的东西。木头的香甜中带着炭味，让人想到了脆香米，我觉得这非常好。

普林尼在《自然历史》中写道，每种树木对于它自己的神灵来说都是“永远神圣的”，比如桃金娘之于阿弗洛狄忒，白杨之于赫拉克勒斯。普林尼说，山毛榉是宙斯的树，有些地方则将宙斯和橡树联系在一起。橡树的神圣之处在于，它的密度很大，在水中不会浮起来。

我沉浸在关于树木的幻想之中，动作有点太快了。当我意识到自己把最后一块标准长度的木板切掉太多的时候，斜切锯的刀片还在旋转着。这是最后一块长木板，我们打算把它放在平台下方迎面水平的位置。这是个很小的错误——我忘记了，算上最上面的一级台阶，露台迎面的长度增加了四分之三英寸。血液一下子涌到我的脸上，我暗暗咒骂了一句。

“玛丽？”

“别和我说话。”

“我可以——”但其实我不知道我可以做些什么。

玛丽去面包车里拿出她的烟草口袋。她卷了支烟，边抽边看着露台。我安静地待在一边，玛丽思考的时候我的大脑一片空白。暂且不说玛丽的想法，我觉得没办法自己去解决问题，甚至没办法去试着思考如何解决问题，这是我觉得自己最没用的时候。我突然意识到，我是有多么依赖玛丽，依赖她去解决问题，给我答案，告诉我该做些什么。从某种意义上来说，这让我感觉很舒服，因为我不用对繁重的脑力工作、做计划和解决问题负责。

这就像是你信任的司机在开长途，而你坐在副驾，你要做的就是看着马路两边的山川树木，而另一个人需要寻找路线，判断该在哪里转弯，小心躲避坑洼的路面，还要避免撞到松鼠和驼鹿。虽然有的时候你想要自己掌舵，或者至少提出自己可以帮忙开个几英里。

玛丽用嘴巴一侧吐出烟雾，烟雾飘向窗边，和窗户里面的动态雕塑一样飘荡着。她的解决方法很简单，她大概花了一分钟就想了出来。她捡起来一块胡桃木碎木片，把它垂直放在露台的最左边。木片从露台下面一直延伸到地面，正好可以挡住我在水平木板上多切掉的四分之三英寸。只是多了这一点修饰，露台就变得更好看了。我应该也能想出这个办法的呀。

"很大一部分木工就是找出弥补错误的办法。"玛丽对我说。很多次她解决问题、寻找替代方案和变通方法的能力都让我印象深刻，我觉得这是她最宝贵的品质。这种品质部分得益于能够善于揣摩问题的大脑，但主要还得益于经验。

有的时候工作开始之前就存在问题：地板由于时间和湿气倾斜、以前安装工作台面的人没有考虑到水平问题、过于自信的业主自己动手布局了电线线路、墙壁被压弯了、石膏膨胀了、瓷砖裂开了……但是有些错误是你自己造成的。尤其对我来说，有很多这样的错误。

很多事情都出了错，我的学习曲线趋向稳定，从最初新鲜事物带来的兴奋，到学习专业技能过程中的缓慢爬坡。入行一年半之后，我再也不能把不熟悉作为一个借口了。

大项目

玛丽想要的大项目出现过几次。

一次，我们接到一个翻修厨房的工作，是牙买加平原的一个三楼的公寓。牙买加平原在波士顿南部，住户对这里的忠诚度非常高。在树木园里，人们给树木贴上标签，似乎每人都养狗。卡明斯、安妮·塞克斯顿和尤金·奥尼尔就葬在附近的墓地里。一个商店里有超过七千顶帽子可供客户挑选，杂货店氛围的城市食物供应店出售佛蒙特州的奶酪，上好的三明治，还有整个社区对于稳定生活的承诺。露西·帕森斯中心是一家激进的书店，也是对左翼分子友好的社区空间，这家书店在许多年前从剑桥迁徙到牙买加平原，那可谓是一个时代的标志。

公寓明亮、宽敞，房间里有精致的深色木制品和大窗户，架子上和墙上有很多家庭照片。这些照片里有业主夫妇的侄女和侄子们童年的照片，一个骑在马背上的女子看起来认真又专注；另一个女人穿着滑雪裤，和三个孩子一起站在雪橇上。从公寓后窗望去，能看到一座低矮的小山，旁边是死胡同尽头的三家人共有的漂亮花园。我们要从前面的露台把新冰箱吊到三楼，因为楼梯太陡了。看着巨大的箱体被吊离地面，在人行道上空晃晃荡荡地升到三层，我感到很兴奋。

雇主的预算不算宽裕，整个翻新工程大约花费两万五千美元。我们的工作有序地展开：墙壁，地板，工作台面（可爱的黑色皂石夹杂着绿色的条纹），还有宜家橱柜的组装和安装。

早上十点的时候我们已经开工几个小时了。我们把钉子插进孔里，把几片光滑的层压板挤压在一起组成橱柜的箱体。这工作算不让无聊也算不上令人兴奋，只是一些需要完成的事情。我开始组装一个带旋转餐盘的边角橱柜。我把橱柜拼装在一起（有的时候一张图比不上一千个字；但有的时候，切中要害的文字哪怕只有十个，也是真的非常有帮助）。我把木钉插在了正确的位置，把上下两端固定在了墙面上，然后准备钻孔，把转盘固定在它应该在的地方。

但我怎么也没办法把螺丝钉拧进去。橱柜并不是木制的，而是一种类似塑料层压板的白色材料，它的表面平滑，像钢铁抵抗白蚁一样抵抗着我的螺丝钉。螺丝钉一个接一个打着滑飞了出去，在厨房的台面上弹开，飞到炉子上，最后掉落在地板上，地板上是刚刚铺好的12×12的奶油色大块瓷砖。一开始，金属螺丝钉弹到灶台上那种叮当作响的声音让我心烦，后来就让我怒火中烧。我一次又一次把螺丝刀对准螺丝钉，把螺丝钉按在顽固的复合材料上，心里发着毒誓，嘴上说着狠话。在一旁给底层橱柜装门的玛丽抬起头。

"试试先往外拧。"

我听到她说话了，但是我没听进去——这个建议毫无用处，因为完全没道理。怎么说我也是在尝试往里面拧。

我的脸涨得通红。又一颗螺丝钉弹到地上。我暗暗咕哝了一句。我的小腿上流着汗，已经过去了二十五分钟了。这在一天里不算太长，但是如果要和一颗愚蠢的转盘螺丝钉较劲就觉得时间太长了。螺丝头闪闪发光，它的边缘又圆又平，当我用螺丝刀顶住它的时候，我的另一手捏着它，大拇指和食指上留下了一条痕迹，好像我已经紧紧地捏着它好几天了一样，那痕迹就像过紧的袜子在小腿上勒出来的痕迹一样。这颗小螺丝钉闪闪发亮。它反射着灯光，也展示出电钻的自动闪光功能。这是不怀好意的闪光。这群小小的敌人们不应该这样闪亮。

我又挤进橱柜里，大臂抵在橱柜里面。我的皮肤贴在橱柜的表面，那是塑料特有的光滑、坚硬和人造感，我满腔怒火，汗水直流。每次螺丝钉闪着光掉落到地板上都意味着我要重新摆姿势，把自己从橱柜表面揭下来，发出让人羞耻的、吸东西的声音，这是另一件让人失去尊严的事情。电钻旋转时尖锐的嗡嗡声——那种在牙科诊所里骨头和牙龈发出的声音——在狭小的橱柜里回荡着，这里面还有我的整个脑袋。螺丝钉飞走之后钻头戳在橱柜上发出梆的一声，每一次尝试都像是一种侮辱。橱柜里是仓库、灰尘和塑料的味道，像是消毒后毫无弹性的包装膜，同时夹杂着温热的电钻内被加热的金属的低声私语。渐渐的，我的呼吸变得没那么平稳，我故意闭上眼睛，放慢节奏用鼻子深吸一口气，然后快速地喘口气，胸口的起伏提醒着我，我现在就在这里，但我并不想这样。

“静物的任性”，这是我父亲以前常说的一个词，这是他从他祖母那里学来的，指的就是你着急的时候怎么都拧不回去的瓶盖，对螺丝刀来说过软的螺丝头等等。我的脑海中闪现过这句话，目前的情况就是这种任性的感觉。

我放下螺丝刀，又看了一遍说明书，希望能够发现一些新的线索。

“你要比工具更聪明。”玛丽站在一排矮橱柜后面对我说。这是另外一句她常说的话。当工具、工序或者材料显得比我们更聪明的时候，或者它们没能正常配合我们的时候，又或者我们进度过快，没有考虑到最好、最高效地处理一件事情的时候，她就会说这句话。这句话提醒我们，我们拥有大脑，拥有思维的能力，但螺丝钉只是螺丝钉而已。它也提醒着我们，花点时间，去想想怎么解决问题。这句话通常听起来很有帮助，但现在却并非如此。

我按照说明书上指示的方向往里钻。我对此深信不疑，螺丝钉就是属于这里的，我就是应该这样做的。可这个转盘到底有什么问题？我到底有什么问题？为什么这样做不行？去他的螺丝钉，去他的电钻，去他的转盘，去他的宜家，去他的！

我骂完了，并且正在使用大脑中比语言更低级的区域。我彻底被激怒了，嘴里咕哝着说着什么。

“深呼吸。”玛丽对我说。

我没回头，但愤怒的目光穿过头骨射向她。深呼吸？我讨厌玛丽，讨厌她的建议，我讨厌橱柜，我讨厌工具，我讨厌自己决定放弃了点击鼠标、敲击键盘的工作，放弃了和喜欢的人们一起喝咖啡。我更讨厌的是自己还没有这些工具聪明。我在这一年半的时间里什么都没有学会。现在，我要把满是汗水的胳膊从橱柜表面剥下来，那声音一点都不性感。而且，我讨厌廉价的北欧设计。

我又重新调整好姿势，用尽全身的力气按住电钻。螺丝钉飞了出去，转着圈滑到橱柜里面的一角，像滑冰运动员一样一直转个不停。我把头伸到橱柜里面，好像那是个烤箱一样，因为我不想让玛丽看到泪水在我的眼眶里打着转。

她递给我一个又尖又细的钻头。"先钻一下，"她平静地说着，"钻个导孔出来。"

这时候我想起来她以前说的话。不要试图把螺丝钉竖直地钻进材料里，先给它钻个洞，再把螺丝钉钻到这个洞里。我把十字刀头拆了下来，换上玛丽递给我的那个。我在转盘上钻了一个小的导孔，再换回原来的十字刀头，把螺丝钉放在刀头下，按在导孔上，又按下电钻的开关。螺丝钉钻了进去，钻了下去，转盘固定好了。

我走出屋子，看着花园里的百合。

愤怒将我的大脑清空了，愤怒散去后的松垮感以及沮丧和尴尬的余波，让我感觉自己是如此陌生。几分钟之前我还讨厌玛丽，而现在的我后悔几分钟之前自己做的所有决定。愤怒是多么强大的麻醉品啊。这不是真相，是不是？伴随着松垮感的还有对于独处的渴望，我只是想独自和被愤怒煽动起的情绪以及愤怒之外的真相和解。

丽贝卡·索尔尼在《浪游之歌》一书中引用了露西·利帕德关于因纽特人传统的故事，故事里面说，当你想要征服愤怒的时候，可以一边走一边用木棍在地上做标记，这能让人们看到愤怒的力量和长度。我很好奇我要走多远才能征服愤怒。

结束散步时，你把木棍插进土地里，这时你找到了什么？愤怒在你走过的路中消失了，你变成了自己熟悉的那个人，你转过身能看到新的景色。很多次我面对玛丽的时候，都想在裤子上擦擦手，大步流星地离开我犯下的所有错误，我想放弃，想要对失败妥协，我没有希望，也没有兴趣努力改正任何错误。木板太短了？不如放弃整个工程吧。洗碗机漏了好几年水，底层地板都腐烂了？我们离开这里吧。玛丽一次又一次地向我证明，她是如何花了那么一点时间和精力，多留心、思考了那么一点，就能够更正几乎所有的错误。

当然，这样的经验在恋爱中也同样适用。判断失误、激烈的争吵、长期的厌倦、似乎完全不了解彼此的错误表达，有多少次在遇到这些问题时，我只是用裤子擦了擦手，结束，然后离开。这样是行不通的，这是不对的。我还没有学会给爱情它本应该被给予的时间和努力。我还没有遇到值得我努力的那个人。耐心，一点技巧，还有和其他人相处的能力，哪怕他们偶尔会让你感到无趣、沮丧，或者偶尔要把你逼疯，这些也是和某个人共度一生所必需的技能。我觉得，开始这份工作之后，我能够经历人生中最深刻、最强烈的一段爱情，并非偶然。

在咒骂、喊叫，因沮丧和愤怒而感到绝望的时刻，你要停下来，拿着木棍出去走走，看看百合，然后回来看清真相，试着做得更好。哎，我学得真慢。那天早晨在牙买加平原，我最远也走不出花园，我手里也没有能够见证愤怒的力量的木棍。但是，当我走回房子前面，从那个角度看着房子的时候，我知道我会回到厨房里面再试一次。

女木匠

在和玛丽日复一日的工作中，我没有想过木匠行业女性从业者的比例。做这份工作的女人是很少的，当然，做这份工作的异性恋女人可能更少。

虽然我和玛丽就在这里，我们都很强壮，完全胜任木匠工作。但事实上，木工是男人的工作。也就是说，从数据上讲，从事这份工作的绝大多数都是男性。美国统计局在 2011 年的调查中称，“工程和开采行业的从业者”中 97.6% 为男性，2.4% 为女性。这是报告所列工作岗位中性别比例差距最大的一个，比工程师和建筑师的要大，比农业、渔业、林业工作的要大，比消防员的都大。

还有人估计，真实的矛盾更加尖锐。《劳动评论月刊》里一篇题为“职业就业中的性别差异”的文章中，作者芭芭拉·H. 伍顿注意到，“芭芭拉·H. 伍顿就业中最显著的性别差异出现在精工制造、手工艺和维修行业——例如，在 1995 年，只有 1% 的机械师和木匠是女性。”

看起来，这些年里这一数据并未发生太大变化。总部设在华盛顿特区的智库机构女性政策研究（IWPR）在论文《隔离且不平等：劳动力市场中的性别隔离和性别收入差距》中，描述了劳动力市场中女性的变化。他们追溯了自20世纪70年代到2009年间女性在劳动力市场中的崛起过程。在1972年，只有1.9%的牙科医生是女性；在2009年，这一职业的女性占比为30.5%。同样在这些年间，女性邮递员的比例从6.7%上升至35%。但是在我们这个行业，这个数字并没有太大变化。在1972年，女木匠在劳动力市场中的比例为0.5%，而在2009年，这一数据也仅为1.6%。2013年11月《大西洋月刊》的一篇文章称，90.9%的木匠是白人，同时文章也注意到，行业工会“在种族问题上有着复杂、通常很丑陋的历史，这一历史让他们把黑人和西班牙裔拒之于令人垂涎欲滴的行业之外”。

苏珊·艾森伯格在《需要的时候我们会给你打电话：建造行业女性从业者的经历》一书中，辑录了在20世纪70年代末期和80年代，女性在工作现场的真实经历。这本书一部分口述，一部分纪实，详细描写了女性在这个行业中受到的骚扰和不敬。这本书中，一个作做玛丽安·克洛赫蒂的女人讲述了她的故事，她完成了为期九个月的学徒预备课程后开始联系当地的木匠行业分会。

“一个招聘中介直截了当地告诉我：‘60年代的时候我们被迫接受了有色人种木匠，如果70年代我们要被强迫接受女性木匠，那我们就真该死了。’”

艾森伯格本人就是一个熟练的电器技师，她在书中也详细记述了这些女性从业人员所获得的骄傲、热情和满足，以及她们一些慷慨、有耐心、态度友好的男性同事和导师。

IWPR认为，很多男性主导行业中女性从业者过少的原因是“含有敌意的环境”。“大量研究表明，职业的选择往往受到多方面的限制，比如社会化，知识短缺，或者是在某一个性别明显占少数的行业内，接受培训、获得工作都存在直接的障碍。”如果你熟识的女性，或者哪怕只是听说过的女性中都没有从事某种工作的，那这种工作就不会成为你的必选项之一，因为你需要亲自去做人生规划。我想，这就好比某些工作（护士、牙科保健员、秘书）会让男性担心别人是否会怀疑他们不再有男子气概，对于女性来说也是如此。也有一些工作会让人对女子气提出质疑。虽然我很少从普遍社会性这个角度去考虑木匠行业女性从业者稀缺这一问题，但我的确发现，这个工作挑战了我对于女子气和性感的观念和感受。我们受到了关注。当我们在贮木场挑选木板的时候，装了一车厢纸面石膏板的时候，或是在家得宝（美国家居连锁店——译者注）举起几袋子水泥的时候，我们的周围全都是大块头的建筑工人，他们身上穿着连体工作服，脚上踩着走起路来声音沉重的工作靴，他们看我们的表情里不仅仅是好奇。

“在做小工程呢？”

一个围着橘黄色围裙的家得宝收银员问我们，就好像我们是四岁的孩子一样，不过是把棒冰的木棍粘到建筑图纸上。

“翻新厨房。”玛丽用一种实事求是的语气说着，她从钱包里掏出信用卡。她没有露出任何防御或攻击的痕迹。我希望自己愤怒的眼神可以传递这些信息。

有的时候，贮木场的员工会称呼她为先生。“我能帮你找点什么吗，先生？”我很想保护玛丽，冲他大声喊：“你是说女士吗？”我从没这么说过，因为玛丽是可以为自己而战的。但是我不确定她是否真的认为这是种战争。“都搞定了。”她会这样不慌不忙地说着。三年级的时候我剪了短发。第二天在学校里，我帮一位老师拉开门，她对我说了一声“谢谢你，先生。”我一下就沉默了，脚步也有点踉跄。先生？她穿着高跟鞋嘀嘀嗒嗒地走了过去，我感觉自己在发抖，脑袋里乱糟糟的。我是谁？难道我不是自己认为的那样吗？老师的评价夺走了我对自己的认知。我依旧能感觉到那个站在走廊里小小的我，依旧能想起那种迷惑和恐惧。每次玛丽被人错认为先生的时候，我都像是回到了三年级帮老师开门的时候，那种误解要把我推倒了。可对玛丽来说，这好像算不上什么。她并不是很关心自己是否属于女性的范畴。而我，远比我曾经以为的更在乎自己的女子气。

又一个早晨，我们在贮木场把建造露台用的 1×4 巴西胡桃木木板装进车厢，这时我看到两个穿着厚卡哈特外套的年轻男子。其中一个抬了抬下巴向我们打招呼，然后对他的同伴耳语了些什么，他们就像中学女生一样笑了起来。我并不在意他们说了什么。脸颊通红的我第一个想法是抓起一块铁木木板，朝着他们的小腿狠狠地打过去。但我并没有这么做，当我们走过他们身边的时候，我用小猫一样咕噜咕噜的声音对他们说：“嘿，男孩儿们。”然后扬起了挑衅的眉毛。

我们在外面干活的时候，我总是对怀疑的目光和居高临下的评价心怀警觉。心胸比较豁达的时候，我会提醒自己，并不是所有开皮卡、浑身肌肉的承包人都是混球，他们可能是第一次看见两个女人装木材。玛丽雇的人以前就认识她，他们一起工作了好几年，这些人已经习惯和女性一起做这份工作了。但很多男性还都无法习惯。所以，好吧，你想要盯着我们看，那就看吧。我想，也许我们的存在本身，我们装货，我们从房子上拆下来一片片胶合板，我们把经过压力处理的 4×4 木板堆在一起，我们举起一袋袋水泥，这些能让一两个男人意识到，哪怕只是一瞬间意识到，女人也是能够做这份工作的。

我记得有两次，我们说服了又高又壮的男人为我们贡献肌肉。一次是帮我们把一个滑动玻璃门搬到了三楼。那时玛丽以前的老板和我们在同一个街区干活，他和一个手下为我们扮演起了壮劳力的角色。当然，如果当时有另外两个肌肉发达、空间感良好的女人在场的话，我们也可以搞定这件事情。

另外一次，我们是真的有了挫败感。我们在牙买加平原的小山上给一个新房子搭建露台，我们花了一天的时间挖洞，每个洞都是两英尺宽、四英尺深，这样才能挖到马萨诸塞州规定的冰冻线以下。我们一直挖，轮流使用匙形取土机。在这幢朝南的房子前面，我们汗流浃背地挖了一整天，几乎要被太阳烤化了。

我们挖地的时候闻到了洋葱的味道，还挖到了果球茎，铁铲插进它的根部和一小丛香葱之中。我们的面包车停放在私家车道上，从露台过去那里的路上有一小撮蜜蜂花，我们来来回回，重重地踩在上面，踩坏了叶子，里面的油脂流了出来，飘散出柠檬、柑橘和肥皂般令人舒服的味道。据说蜜蜂花可以调节情绪，改善精神状态。我不知道这说法是否属实，但是在炙热的空气中，闻久了常见的泥土、汗水和防晒霜的味道，能够闻到蜜蜂花的香味也是种不错的改变。

那几个星期我学到了一件事情，那就是喝水是一种解决困惑和恐惧的方法，面对无法解决的事情时，喝水就是暂时的解脱。另一种方法是伴随着洋葱味在脏土中挖洞。我很感激那时候能出去工作，在体力劳动中忘记自我。

那是个周五的早晨，高温好像能穿透人体一般。挖到大概二点五英尺的时候，我们挖到了石头。我们以前也挖到过石头。我们会继续围着石头四周挖，直到把石头弄出来。我们这次也围着石头挖土，但是这块石头非常大，和泥土之间几乎毫无缝隙，我们根本找不到石头的边缘。我们用了撬棍、铁铲、绞盘和大锤子。我们用了最大的力气，用了玛丽以前把独木舟拉到面包车车顶上的帆布斜跨带，直到挪不动了。我们一边费尽力气地挖着，一边咒骂着。

“只不过是一块大石头而已。”玛丽一遍遍地说着，安慰着我，也许也是让自己相信，我们并不是手无缚鸡之力的人，只是遇到了地底下一个没办法解决的东西。

我们一边挖一边摇头，企图把石头砸碎，这时在距离我们大约一百英尺的地方，有三个戴着安全帽、穿着工装鞋的男人正在挖人行道和马路，准备维修水泥地下面的管道。

他们用挖掘机在马路上撕开一条缝，挖起水泥，把碎片推到放废料的地方。卡车咆哮的噪音让人更加燥热。玛丽和驾驶挖掘机的人聊了几句，好像是说找他帮忙挖石头。他耸耸肩，表示没人能帮忙。所以，玛丽决定，唯一的解决方法就是租一个小时的手提钻来把石头弄碎。

我一点都不喜欢这个主意。我想象着工程队里一群男人施工的场面，他们胳膊上的肉快速抖动着，牙齿在下颌处发出咯咯的声音，他们像弓着背的驴子一样骑在手提钻上面。我不想尝试这件事情。

“凡事都要有第一次。”玛丽开着面包车出去的时候隔着玻璃对我说。

我开始挖另一个柱基洞，这时建筑队里的一个男人朝我走了过来。他的胳膊粗壮，脸上长着雀斑，开始变白的头发披在肩上。他的下巴上有一些白金色的胡茬，穿着橘红色的网眼工装背心，里面没穿别的衣服。我能闻到他的汗味，我喜欢这种味道。他问我进展如何，然后告诉我应该喝点水。我笑了起来，告诉他他也应该喝点水了。我和他说起石头的事情，指了指那个洞。

“那可是个大石头，”他说。两个污手垢面、大汗淋漓的人插着腰站在太阳下，朝洞里看。这时我做了一个决定。有时候，高大而强壮的人希望得到别人的崇拜，所以我说了一句话。

“我猜，可能还是我们的力气没那么大。”

然后，他就看着我说：“我们帮你把石头弄出来。”

他走到挖掘机旁边，和司机指了指我。挖掘机朝我开了过来，我赶紧跳开给它让路，铲斗挖起地上的土，一下就把大石头铲了出来，那是块两百多磅的圆形巨石。我向他们道谢，他们看起来也很高兴。

我给玛丽打了电话，告诉她我们不需要手提钻了。她回来之后，我和她说了发生的事情，她开怀大笑，感谢我挺身而出。

这个工程接下来的部分将要突出我们的韧性。洞挖好之后，我们把柱基管放到洞里，再用松土填满柱基管四周，柱基管看起来就像超大号海报卷成的硬纸筒。再之后是灌水泥。所有的柱基管以及楼梯下面的基座都需要灌水泥。

我们撕开装水泥的袋子，屏住呼吸，把石粉和沙子倒进一个大塑料托盘里，然后用软管放水淋湿。我们站在柱基管的两边，每人一个铁锹，一袋接一袋地搅拌水泥。我们把水泥推成一堆，用铁锹边缘进行搅拌，向前推、向后拖，水泥的干湿程度要均匀，水不能多也不能少。我戴着面具，玛丽什么都没戴。我们谁都没想到能在一天之内完工。工作有的时候像夏令营，感觉很简单，像是在做游戏。我不知道，我说不清性感的难以琢磨是否增添了这种夏令营的感觉，抑或是夏令营的感觉让性感更加难以捉摸。但有的时候，我感觉像是经历了时光穿梭，回到了胸部还没有发育时的时光。

我们完成四个柱基的时候还不到下午三点，太阳还没有直射私人车道旁那几棵树的树尖。我们还剩下几个小时的时间。

“你觉得我们该做点什么？”玛丽问我。

我把面具摘了下来，用衬衣擦了擦脸上的汗水和尘土，我朝人行道上吐了口口水，说道，“我们接着干吧。”

“好嘞。”玛丽说。

然后我们就来来回回推动着铁锹，软管里喷洒出来的水花在阳光下形成了彩虹。在托盘中混合石头和沙子的刺耳声音听起来像是海浪卷起岩石拍打在沙滩上一样，玛丽又加了些水，托盘上的水泥变得更稀了。

“你觉得灌基座需要几袋水泥？”她问我。

“六袋？”

“要我说得翻倍。”

我们倒一点搅拌一会儿，倒一点搅拌一会儿。虽然带着工作手套，我的手掌还是磨起了水泡，水泡破了，流出黏稠、温热的液体。我们开始往楼梯的基座里灌水泥。灌满木头箱子之后，我们把表面抹平，有些水泥汇成细小的灰色河流从四面流淌下来，我和玛丽击掌庆贺。那天我们装卸、搅拌的水泥总共两千五百多磅，也就是一吨多点儿。

“太不真实了！”我筋疲力尽地说着。

“对于两个女人来说很不错了。”

“对于两个木匠来说，也很不错了。”

暧昧

一个厨房工程为这份工作注入了暧昧的成分。施工地点在波士顿西南二十三英里的弗雷明汉,这比我们通常施工的地方要远。但是工作就是工作,即便开车来回四十多花费四十多分钟也要干。

这座毫无特色的房子坐落在郊区死胡同的尽头。这里所有的房子看起来都一模一样，无论是颜料的颜色，还是百叶窗的样式，只有前院栽种的灌木丛，算得上唯一能够用来区分的特色。我们按照通常的工序施工:铺地板砖，安装橱柜，和顶冠饰条作斗争。当我们完成了大部分工作的时候，安装花岗岩厨房工作台面的帅哥开着卡车来了，他叫皮特，准备测量尺寸，为做台面的石头做些模板。

他有着深色的卷发，笑起来很随和。斜靠着台面测量的时候，他的上衣就贴在脊椎两侧肌肉突起形成的小沟上。他的胳膊像是希腊雕塑里掷铁饼的人的。那个季度的早些时候我弄伤了手腕，一天下午下班之后，我正骑自行车回家，一个开宝马的年轻女人打开车门撞到了我。这是我拆掉石膏后做的第一个工程，工作的时候我的手腕上带了一个黑色的支架。皮特问了我手腕的情况，又说他前不久脚踝撕裂了，然后开始吹牛。

“大夫们和我说需要八个月到一年的时间才能痊愈，”说着他在橱柜顶上拉开卷尺，“你知道我用了多久吗？三个月。我三个月之后就又开工了。如果你了解你的身体，你就会痊愈。你就能挺过来。你需要了解你的身体。”

我喜欢我们谈论身体的事情，聊到这些会让人突然变得亲密。我复述了治疗手腕的医生的话，他说疼痛有的时候是一件好事儿。皮特把卷尺收回到尺套里，背对我站着，我能看到他强壮的后背。他对我说 :“疼痛证明你还活着。”然后，他转过身来，看着我的眼睛，对我说 :“有的时候我们需要知道这件事情。”

他眨了眨眼睛，转过身继续测量水槽的位置，一切来得太猛烈，太突然，虽然我只是微笑，但在那个温暖的瞬间，我整个人都被电晕了。这些激情的瞬间能持续多久呢，目光中的闪烁，气氛的调动，彼此间亲密的短暂瞬间，还有两个人之间来回传递的能量。不过是聊了个天，时间还不到一分钟。

过了一个星期，他切好了花岗岩，回到厨房准备安装。我看着他，冲他微微一笑，就好像我曾经千百次在酒吧里对着男孩儿、男人、朋友和陌生人一样笑着。他马上回应了我，对我说很高兴见到我。这没什么，不过是和另一个人最基本的互动，但是那种能量就在那里，那种来回流转的闪光点。这个卷发、安装工作台的男人很有可能对任何人都会眼波流转，但是这件事情向我证明，即便是在工作模式里，我也可以引导这种能量，让它重新回到我身上。同时，我也找回了某种满足感，无论是身体上的还是精神上的，这便是伍尔夫所言的“男子气的女子”的一种体现。

看不见的木头

螺丝有时要拧紧，有时也要拧出来。这些事情我做得太多了，而我犯的错误也是一个接着一个。和安装台面的男人一起完成厨房工作后，我们接到了历史名城莱克星顿市的一个工程，这里的行人必须走人行横道，到处都是穿着民兵服装的导游与热衷历史的游客。我们要做的是翻修旧车房的一楼，包括安装新的地板，翻修墙壁、厨房、卫生间，安装新的门窗，还有镶边。

这是个大工程。车房紧挨着一个年代久远的墓地，墓地里面有很多十八世纪的小墓碑。一部分摇摇晃晃的墓碑差不多围成了一个完美的圆环，更增添了一种幽灵般阴暗的感觉。我们热火朝天地铺着新地板，车房的大玻璃窗边上有一个墓碑，每个小时都会有一个民兵带着游客来到墓地，讲解这个墓碑的历史。导游穿着殖民地民兵全套服装。一想到这些人下班之后爬进自己的汽车，把三角形的帽子放在副驾驶的位置上，我就觉得很悲哀。在两个时空里让人觉得有点孤单。一个潮湿的下午，我注意到导游在喝饮料。引起我注意的并非年代错置的不协调，而是我突然觉得人不应该在墓地里喝苏打水。

玛丽让我给卧室衣柜镶边，这个奇怪的梯形衣柜旁边是弧形的墙壁，下

面是不平整的地板。我研究了半天如何在踢脚板上切出正确的角度，正好能包住从衣柜门到右面墙角这一段距离。只有站在衣柜里面、朝外面向卧室的时候，你才能看到这一小块踢脚板。这不是一个步入式衣柜，这只是一个普通的衣柜，是那种可以从里面的金属衣架上取下衬衣或裙子等衣服的柜子。也就是说，除非你藏在衣柜里面，否则绝对不会看到这块小木头。

我试着让这块木头和地板齐平，和墙面齐平，和其他在墙角相接的镶边齐平。

这向来就是镶边的目标。有的时候这很容易办到。

我从衣柜走到我们放电锯的车库。我切了一次，又切了一次，在这条路上来来回回走了好多遍，我走过新铺好的硬木地板，穿过厨房，路过楼梯下面的小卫生间，走进车库。沮丧的怒火越烧越旺。谁会在意这块木片是不是切得刚刚好？没有人会看到它。真是浪费时间。我的决心开始动摇了——哦，这样就已经很好了，只是木头和地板之间有一条缝隙，墙角的那条宽缝就那样吧，再用一些捻缝材料填补上就好了。

我先切掉了半个刀片的长度，然后慢慢切木头片。我在右下边缘削掉了一度，这是在墙角与其他镶边相接的位置。踢脚板紧紧地卡在那里，让人觉得很舒服。因为地板凹凸不平，所以木块左右两端在地板上像跷跷板一样一上一下。我侧身躺下，把腿伸到衣柜门外面，我用扁粗的铅笔沿着地板的起伏在木板上画了线。木头上的线能够告诉我地板在哪里、隆起了多少，以及我要怎么修整木板的形状。我削了又削，终于把木板平整地安放在那里。

“你需要很多年的时间才能做好这件事情。”我手里拿着小块镶边，摇着头走过玛丽身边的时候，她这样对我说。

当两块镶边完美接合的时候，我欣喜若狂。那是一种无比简单的快乐！

我不知道玛丽那天是否想教会我一些道理。我心里隐约感觉到，她早就知道这是个很难对付的工作,不仅因为各种弧度和角度的关系。更难办的是，这个位置是如此无关紧要，又不易被察觉，这是一种专业技术的测试，也是一种心理上的考验。也许，这只是一项需要完成的工作，而她手头上有更重要的任务。她听到我骂人了。她看到我来来回回地走。她默不作声，让我自己慢慢摸索出一条路。我切坏了镶边。我又切了一刀下去，切得多了，这块也用不了了。我们的木板延伸器好像永远都在商店里还没买回来。

但是，如果她能进到衣柜里面，看着巨大的缝隙和摇摇晃晃的镶边对我说，“没关系，去他的，就是个衣柜而已，谁会在意呢。”我不知道自己会不会感到更轻松一点。也许短时间之内会——谢天谢地我终于“出柜”了——但这是自欺欺人。如果你能够在一块无关紧要、几乎永远不会被发现的镶边上全力投入，如果你能够把这件事情做好，那么其他那些关键部位、显而易见的工作也将会得到提升。

在往返于衣橱和放电锯的车库之间时，有些事情发生了改变。不耐烦的情绪变成了一种目的性,变成了一种任务模式。一开始我面对的是一团混乱，是想把踢脚板扔到屋子那头，后来我能够看到开端和结束，能够在错综复杂中找出一条路线，缓慢、耐心、准确地开展工作，直到我两手之间能拎起来一条平滑、发光的线。这是正确的。我会把它做好的。

如果有天房子的主人进到衣橱里，如果镶边做得好，我肯定他并不会注意。但如果做得不好，留下了缝隙和坑洼，那肯定会引起注意，他会担心屋里其他工作的质量。即便不是非常挑剔的目光也能毫不费力地发现什么地方做错了，什么地方偷懒耍滑了。

衣橱里面的镶边固然重要。有一天衣橱可能会属于一个十来岁的邋遢小孩儿，他把满是汗臭味的足球训练服、破袜子，湿漉漉、沾满沙子的沙滩浴巾，破破烂烂的学校笔记本都堆在一起，遮住了镶边。但那又怎样呢？这些木块会消失。这是理所当然会发生的事情。我留下了一个巨大的缝隙，需要涂上捻缝掩盖，这件事不会让我夜不能寐。但对我来说，重要的是那种满足感，那种做好之后的心平气和，这让我觉得一切都很值得。无论玛丽是有意还是无心，我都很庆幸自己这样做了。

“完工。”我对玛丽说，她正在主卧做窗户边框。

不知什么时候她放下了手头的工具，走到我刚才所在的卧室里。但是几分钟之后她走了出来，对我竖起了大拇指，点了点头。她重新拿起她的工具，对我说：“你想给餐厅镶边了吗？”

我拿着卷尺走到窗户边的一个墙角，这里能够俯瞰外面的墓地。

对于木工而言，没有退格键，没有撤销键。你不能刷新一块切坏了的木头。在以前的工作中，我觉得重新开始是一件理所应当的事情。快速点击几下鼠标可以修正所有事情。修正木工中的错误需要一套新的技巧，一套我并非与生俱来的技巧，而我很庆幸正在慢慢习得。

后来在这座车房里，我又笨手笨脚地做了一些凿边的工作。我要在门上凿出一块地方安装合页。我在门边比着金属合页描出外形，然后用凿子凿洞，我的目标是一个深度刚好为八分之一英寸的洞。

在凿子横刃的压力下，木头像缎带一下卷曲着飘落下来，像纸一样薄的木头圈悄无声息地落在地上。我特别喜欢这些木头圈，我继续凿着。玛丽进来的时候我正把门夹在两腿之间，往下削着木头。

她把合页比在我在门上留出的空间，然后摇了摇头。

“这样不行的。”她说。然后她递给我一个装着灰棕色木头填充物的盒子，我可以把填充物塞进刚才弄坏的地方，再重新开始凿。

但是看看这些木头圈，我想说，它们看起来多合理啊。

我觉得把黏糊糊的东西涂到凹槽里像是在糟蹋东西，像是用人造的化学物质亵渎纯净的木头。黏稠的填充物滴落下来粘在凹槽里，散发出恶臭。它并不配合。我在准备安装合页的地方抹来抹去。玛丽走了回来，从我的肩膀上探过头。

“这不是糖霜，”她对我说，“你不是在做蛋糕。”

我说好的，她一边往外走，一边说：“有的时候，最重要的事情是知道什么时候停下来。”

第×四×章

夹钳

压力的必要性

这样的变化每次都让我大吃一惊，仅仅需要一点努力，木头就可以变得如此柔软。

木匠格言

19. 你做得越多，能做完的就越多。

20. 我所需要的就是肌肉、耐心，以及势在必得的意念。

21. 仅仅需要一点努力，木头就可以变得如此柔软。

22. 一开始什么都没有，然后这里有了橱柜。

23. 工作刚开始的时候经常会有我们预料不到的东西，这和木匠接受的训练和专业技能几乎毫无关系。

24. 两次测量，一次切割。当我们开始第一步的时候，要做好计划，要测量精确，要避免浪费时间、金钱和材料。

木匠生涯的第三年

我和玛丽一起工作三年后，新工作开始不请自来了——卫生间、厨房、露台、书架——我们照单全收。现在每天的节奏都变得自然了，工作的节奏也变得熟悉了。

秋天离去，冬天渐渐来临。玛丽的后院里堆满了工程废物，从这些废物中能看出我们这些年月里工作的历史。每次我们完成项目之后，都会从她的面包车上卸下来成袋的垃圾，堆在院子一侧的栅栏边上。现在这个废物堆的体积足有一截地铁车厢那么大。

“我得在下雪之前把它们清理掉。”玛丽说。

她打给拆除工人，让他们来搬走废物。就是之前帮她拆烟囱的那些人。

十一月的一个早晨，那位父亲和他的两个儿子来到玛丽家，三个人从卡车上砰砰地跳了下来，站在一边打量着这堆废物：金属管道，一层层纸面石膏板和水泥板，一个弹簧床垫，一个装箱架，2×4 的木板，2×10 的木板，旧贴面砖墙后面的电线，各种长度、厚度的碎木头片。

“这里得有五吨废物。”领头的人说道，浓密的大胡子下面露出了笑容。

我觉得三个人无论如何也不可能在一天之内装运五吨的东西。

金发、瘦削、眼神空洞的那个儿子爬到了这堆废物上面。他站在那里，双手撑在窄小的臀部，好像是这座垃圾山的国王一般。他弯下腰，捡起一把上面有大钉子的长木板扔到卡车的后面，发出金属碰撞的噪音。这就开工了。一旦他们开始移动废物，就停不下来了。木头砸在卡车车斗里发出“梆梆”的声音。纸面石膏板碎成了灰尘，垃圾袋像羽毛枕头一样飞着。

这次，父亲仍旧让儿子们做大部分搬东西、扔东西的活儿。儿子们把东西扛在肩膀上往外扔，这边他们的老板在讨论装载系统。这套系统历经了多年实际操作的检验和完善，卡车车斗的最底下要放扁平、宽大的东西，之后是按照一个方向把长条木板堆放整齐。另一个角落放金属制品，金属不会被送到垃圾场，因为废金属值很多钱。再放上零散、奇形怪状的东西，最上面是重量较大的袋子，保证所有的东西在运输过程中都在正确的位置。一个儿子把一袋满是灰尘、钉满生锈钉子的板条竖直放在一边，老板立马责备了他：“嘿，嘿，不要那么弄。”然后老板解释说，这东西应该放在哪儿，为什么放在那儿。他并没有发怒，也没有失去耐心。他只是想把事情做好，想让他的儿子知道为什么这样做才对。

在详细介绍了装载过程之后，他谈论到区域垃圾场的优势和劣势。

“你不会想去那里的。知道为什么吗？因为没人管。马路上有钉子。你知道我什么意思吗？那个地方就是一团糟，你这么做要冒着爆胎的风险，每次开进去轮胎都有可能被扎。你不会想到那里去的。”

他告诉我，附近的另一个地方什么都收。

“对他们来说，只有重量最重要。他们什么都要，”他说，“任何东西。我说的包括尸体。”

“不是吧？”我说。

他面色凝重地看着我：“你以为不会发生？你以为不会吗？会的。”

事实证明，五吨对于三个人来说可以是小菜一碟。不到一个小时，所有的木板和袋子都被装到了卡车上，玛丽的后院变得空空荡荡，地面露了出来。

老板在卡车上朝我们挥了挥手。

“看到这些东西了吗？明天它们就在缅因州班格尔地下五百英尺的地方了。”

那种熟悉的不安又出现了。我觉得自己好像触碰到了一些我并不想知道的秘密。那些生活和工作的垃圾被深深埋进土壤，逐渐分解，产生我们无法看到的破坏，就如同工作给我们带来的破坏一样。

职业病

随着工作变得越来越熟悉，我入睡前的恐惧也越来越多——关于工作中我们接触到的灰尘、孢子和毒素。合上眼睛入睡之前，在眼皮后面的黑暗中，我最后看到的东西经常是预示着疾病和威胁的灰尘颗粒，它们在光线的照射下移动着，在空气中跳着舞。当我咳嗽的时候我会想，这就是肿瘤在我肺里生长的第一个迹象。

我也为玛丽担忧。但她觉得我是杞人忧天，还会温和地嘲笑我的神经紧张。她让我看看和我们一起工作的那些人，他们从来不戴面具。但她也体谅我的恐惧心理，这让我心生感激。当我们在她地下工作室工作的时候，如果不下雨我们就在外面筛沙子。一般都是她搅拌铺瓷砖用的泥浆，因为她知道我讨厌粉尘。毫无疑问，她想要和没那么害怕的人一起工作，因为佩戴防护措施会让进度变慢。

她半开玩笑地争论，吸烟保护她的肺部不受更严重毒素的伤害。她很少戴面具。“没什么东西能到肺里，”她会这样说，“要不然你以为我为什么抽了这么多年烟？”

我还真有点相信这种神奇的想法。我想象着她的肺被一层黑色、发亮、坑洼的东西包裹起来，摸起来硬硬的。在显微镜下面，我想象着各种颗粒物都被吸了进来，有玻璃纤维上的小刺，加压处理的木头里的砷，胶合板胶水里的甲醛，还有水泥发生水化反应时产生的小点。我看到这些小东西飘进她变黑的肺里，游来荡去，被黑色的东西弹开，无法入内。

她从手卷烟发黏的焦油里得不到任何保护。尽管我很清楚这一点，但我还是觉得缺少了那层黑色的盾牌，自己粉色的肺部更脆弱。

我有个习惯，就是会阅读所有产品和材料上的警告标签。几乎所有标签的安全部分都有这样的文字：含有加利福尼亚州认定的致癌化学物质。

“幸好我们是在马萨诸塞州。”玛丽会这样对我说。

她说起一个小工程里做的隔热，说她要崩溃了，要来一个口罩。“我做不下去了。我的嘴巴周围长满了刺痛的皮疹。”她开玩笑地说要给我弄一套防护服，我告诉她我很喜欢这个主意。

“看到没？你不用担心，”她对我说，“我现在长了皮疹。你的身体会有办法告诉你，它什么时候出了问题。”

身体也有保守重大秘密的能力，但是我并没有这么说。

有一次，在夏末的一个下午，就是在十一月份拆卸工人来之前的几个月，我们在休息的时候看着鸟儿在房东家后院的花园里扇动着翅膀上下飞舞。业主席琳也出来加入我们。她发现我一直都戴着面罩，但是玛丽从来也不戴。

“你接触到的东西太多了。你甚至都不清楚自己接触到的是什么物质。”她说。她用玻璃容器储存自己制作的酸奶，这样她就不用去商店买塑料桶的酸奶了，塑料桶里的化学物质会渗透到酸奶里。

“有些东西是会进到我的身体里。”玛丽说。她耸了耸肩，好像这样就抖落掉这个问题一般，态度还是一贯的那种一本正经的漠不关心。但是我感受到了一种更深层的逆来顺受。她承认，好吧，有一天我会死掉，我不知道我会怎么死的，什么时候会死，但是这其中也有轻蔑——也许我会被北极熊吃掉，或者被食人鼻涕虫吃掉。她把烟头掐灭，用脚踩到泥土里。“只要不是我的肺就好。那可不是我想要的。”

什么？我想要摇醒她。你不想你的肺受伤害？放聪明点吧。你要是想抽烟就抽烟吧，但是请给我戴上防护面罩！

我想知道，入睡之前的片刻，她的眼前是否出现过那片尘埃构成的云。我想知道她是否担心过自己的咳嗽。木头、泥浆灰尘、纤维、烟和焦油，这些是玛丽的追求者，是对她穷追不舍的东西，是最终会要了她性命的东西。她全盘接受。

这很接近约瑟夫·康拉德在《秘密的分享者》中捕捉到的情绪。一个男人从船上跳到水里，他的船员认为这是自杀。“他们爱怎么想就怎么想吧，我没有想要淹死自己。我想要游泳，直到我沉下去——但这和自杀是两码事。”

空闲期

拆除工人在那个早晨离开后，玛丽的院子裸露出原始状态的土地，这些都非正式地标志着这个季节的结束。从十一月中旬到年底，工作渐渐停了下来。人们不想在混乱不堪的时候制造更多混乱，锤击声也不是感恩节大餐和圣诞节祝福最好的伴奏。

我和玛丽在地下室里绑了一些东西，归置好工具，把几盒螺丝刀塞到箱子里，又进行了打扫，做了些整理的工作。我们站着聊天，我手里拿着乔根森木螺钉夹钳，我们一边说着话，我一边把夹钳拧紧，再拧松。像踩自行车踏板一样用手把木条挤到一起，越来越紧，越来越紧，然后松开手。

木螺钉夹钳是用枫木和钢材制成的，像骑自行车一样用手摇动手柄就可以让夹钳变紧。夹钳的力量很大，夹钳夹紧的时候两块木头之间一丁点缝隙都没有。夹钳的力量和它们消除空间的方式让我感到非常吃惊——如此简单但如此有力量。

“最近这段时间没什么活儿。”玛丽对我说。

“需要的时候打给我。”我把夹钳挂在小钉板上，它和其他的工具一起左右摇摆。夹钳的英文从古德语单词klam而来，意思是“压、挤，双壳贝”。也是因为两片贝壳可以紧紧闭合而得名，就像是保持沉默无法打开的僵硬嘴唇。

我期待着节奏放缓，期待着初冬里的间歇空隙。我们可以停下来喘口气，到处做些简单零散的活儿，直到来年旺季的时候重新开始兢兢业业地工作。

那天我们互相道别，互致感恩节快乐，预祝战胜假期狂躁症，约定圣诞节之前再联系。

那个冬天的波士顿迎来了大雪，每周都要多下几英寸。新的一年开始了，我等待着玛丽告诉我下一个大工程是什么。但是她没给我打电话。我在她的语音信箱留言：玛丽你好，我打电话就是想问问，之后几周有什么安排。给我回个电话。

但她没给我回话。

几乎一整天都在飘雪。狭窄的街道上堆起高耸的雪堆，全城上演着火热的抢车位大战。锥形筒和折叠椅标志着预留、铲过雪的车位。

我读书，写东西，在雪地里长时间地散步……

还有很多更糟糕的消磨时间的方法。我在外面待到很晚，没事的话还要再喝一杯啤酒。毕竟我没有任何早起的理由，也不需要让身体休息，不需要让头脑保持清醒。

我失去了活力，身体变得软绵绵的。扛电锯、抡锤头、用电钻时练出来的壮实肌肉也因为缺乏使用而变得松弛、软弱无力了。

对农民来说，休耕的日子值得尽情享受。低产出的时光可以说是一生中的奢侈品。虽然没写什么东西，没做什么东西，好像没有什么明显进行了生产、活动的证据，但这样的时间几乎不会被浪费。人们发明了拼图，在脑海中就可以解决问题。这些静默的时光也给我机会，让我可以把这一段时间以来脑里积累、覆盖的情绪淤泥清理干净。毕竟，休耕的原因也是为了在未来的时节里，土壤能够更加肥沃。虽然看不到玉米秆和摇曳的麦穗，但我们并不能说土地下面没发生任何重要的事情。

在一首名为《夏日》的诗中，玛丽·奥利弗写到在田间漫步时，跪坐在草地上那种“漫无目的又满心欢喜”的场景。

告诉我，我还应该做些什么？
难道不是所有的东西最终都将死去，而死亡来得又太快了吗？

这首诗写于1990年，那时候大部分人还没有手机。几十年之后，谁还有时间“漫无目的又满心欢喜”？除了诗人，还有谁会跪坐在草地上？奥利弗说，在田间漫步看起来可能很懒散，但是再想想看，谁知道在静止之中会发生什么呢？谁能猜到当你和蚱蜢的视线高度一样时会发现什么呢？然后她提醒我们一件至关重要的事情：“难道不是所有的东西最终都将死去，而死亡又来得太快了吗？”

这说的是草，是蚱蜢，是狐狸，是花朵，也是你我。

我们无法抓住每一刻，但退一步去思考我们的计划也是好的。跪坐在田野中，和朋友们在酒吧里开怀大笑，看看地板上漩涡般的纹理。这种观点并非我的原创。但是，休耕的日子要想过得既奢侈又有目的性，就需要用成就，用工作和生产来进行填充。

但是木匠生涯中的这个暂停却并不是休耕期。我没有感觉到以后的土壤会变得肥沃。明明可以花两天做完的事情花了九天做完，明明可以四十多分钟做完的事情却花了一天的时间，这种状态让我觉得自己毫无用处。我一遍遍地拷问着自己，现在做什么呢？我不知道什么时候才能重新开始工作，恐惧让我无法把这安静的时光变得富有成效、充满价值。

你做得越多，能做完的就越多。我不记得是什么时候看到这句格言的了，但是我知道自己是什么时候了解到它的真谛的。

我父亲在2001年时丢了工作，那时我刚刚高中毕业没几个月。虽然我不住在家里了，但是弟弟向我描述了父亲突然失业之后的状态。白天，父亲长坐在电脑前，玩西洋双陆棋戏和单人纸牌游戏，浏览网上的钓鱼论坛，漫无目的地滚动着鼠标。晚上，他咽下苏格兰威士忌时冰块碰撞玻璃杯的声音，让不时传来的鼠标点击声更加清晰。

最开始他也进行了一些尝试，更新、投递简历，和老朋友们吃午饭、喝咖啡。最终这些努力都败下阵来，他的决心好像消失殆尽了。也许，五十五岁时几乎没有希望能找到一份合适的工作，最初寥寥无几的反馈也说明了，这根本就不值得一试。以我二十二岁的眼光来看，我父亲并没有感到绝望。他更像是安顿下来了，但在我们看来这既陌生又让人害怕。羞愧和恐惧都可以成为某种动力，但即便他有羞愧和恐惧，这两种情绪应该早就被插入冰冻线下深深的洞中，埋藏在黑色的土地下面，它们存在过的证据已经神秘消失，已经被虫啃噬或变成肥料，这些连他自己都无法察觉。

“爸爸，你今天要做些什么？”我们问他。

“我下午三点约了牙医。”他对我们说，而我们则期待他再说点别的。因为没有其他事情可以做，清洁牙齿变成了一天的任务。他去诊所的时候穿着西装，提着公文包，好让全世界都知道他是个带着85美元领带的男人。那时候对我来说，这无异于撒谎。他欺骗候诊室里的人，对着旧《时代周刊》眉头微蹙。他欺骗保健医生和牙医，他们用牙线为他清洁牙齿，为他冲洗牙齿，让他吐出口水。他欺骗回家路上并排等红灯的司机。作为一个自己负担房租还不到一年的人，我义愤填膺。领带，公文包，这些欺骗是为了让人们相信这个事业有成的男人在清洁牙齿之后要径直回到办公室。

那时候我不知道的事情还太多。直到我离开了报社才意识到，报社的这份工作中对自我身份的认同有多么重大的意义：我如何看待自己，我又想让别人如何看待我。而我现在是什么呢？我想，是无业游民吧。这距离我开始职业生涯还不到十年。我父亲的职业生涯已经超过了三十年，已经形成了一种难以改变的习惯，一种固执的自我概念，这些不可能一夜之间被打破。我无法想象在那个年纪丢掉工作（和自我认知的一部分）的恐惧。怪不得他竭尽所能维持原状。怪不得他西装革履，手提公文包，从衣架上挑出最喜欢的领带。也许这根本不是谎言，不是欺骗，而是他延续自我认同和被别人认同的方式。

几个月的时间过去了，父亲仍旧没有工作。母亲在电话里低声对我说：“他永远都在家里，从来不出门。”

她开始在每天早上四点半起床，这样上班前她在家里会有些独处的时间。想象一下，在黎明前的黑暗中，她沐浴更衣，独自喝着咖啡，这让我感到一种难以名状的悲伤。“那是一天中最美好的时刻。”她说。

这难道不是个问题吗？我忧心忡忡。他难道不应该工作吗？我问母亲：“你有没有说过这样的话，‘嘿！亲爱的，你要上班了吗’？”她对我说，她不想唠叨父亲。她说如果她问了一次，就会控制不住每天都要问他这个问题。我觉得这是不对的。即便当时我对感情、失业都知之甚少，但我深知这是错误的方式。为什么不能下定决心询问一次，然后过一阵子再问呢？不唠叨看起来是充满善意，但对一个在电脑上玩好几个小时西洋双陆棋戏的男人难道不应该唠叨几句吗？

母系从不问他工作找得怎么样了，或者他运气如何，或者他考虑过这个、那个工作没有。既没有鼓励也没有压力。他将她的沉默解读成漠不关心，当他和我说要是你妈妈能问我一句多好啊的时候，他责备的声音尖锐刺耳。

二十二岁的我看到父母在犯错误，除了难过还有一种挫败感。当然母亲应该问问父亲工作的进展，给他一种紧迫感。当然父亲应该激励自己找工作，无论我母亲问或者不问。

他有段时间迷上了制作英式司康饼，冰箱里装着酪乳的纸箱里总是飘出浓浓的酸味。早晨，一炉热烘烘的三角形面团在烤板上慢慢变凉，面团里面有姜汁、柠檬、蓝莓、葡萄干和橙皮。厨房台面上，刚从烤箱中取出的司康饼旁还堆着之前做好的三打司康饼，像小枕头一样放在塑料密封袋里面，味道也不错。我父亲做得不像劣质司康饼又干又没味道，吃起来很费口水，他的司康饼酥脆爽口，口感柔和，外形精巧，营养丰富。但就是做得太多了。我看得出来，和一周六十个小时什么都不做相比，做一炉司康饼是件卓有成效的事情。它所产生的结果在这个世界中是具体、可量化、有用处的。

但这就够了吗？

也许在那段时间里，对他而言就是足够的了。“我们现在‘司’想很健‘康’。”我弟弟打趣道，他指了指厨房工作台上放着的几袋子司康饼。

焦虑

那个冬天，我在剑桥等着玛丽给我回电话，我没有工作，不知道什么时候才能再有工作，我觉得生活毫无目的。我想要变得有用处，我想为这个世界做贡献。虽然做一个书架、铺一层地板不会扭转全球变暖的趋势，但这也好过我现在做的事情，我把自己堆在沙发上，裹着毯子，眼神空洞、思维停滞地看着电脑里缓慢向上滚动的言论和图片、新闻和噪音，好像一切都从电脑后面隐形的悬崖上跌落了下去，跌入虚无。时间也随之跌落。

父亲拒绝考虑让他屈尊的工作，即便是感兴趣的也不行。一直以来他都是专注的读者，但他看不起书店的工作。作为一个称职的园丁，他看不起苗圃的工作。骄傲让他无法意识到置身于比自己更为广大的事物中的价值，无法意识到帮助别人找到想要的书籍，或者教别人怎样让绣球花蓬勃生长，也是十分光荣的事情。这些工作对他而言过于简单了。所以，他什么都没做。

有一次周末回家，我路过父亲上网的房间，他说了一些关于蓝鱼的事情。这些话让我产生了新的、糟糕的、混杂的情绪，我感到困惑不解，带着同情、沮丧、失望，还有可怕的疼痛，我继续往前走着。

那天下午晚些时候，我透过窗户看到父亲拿着飞绳钓竿站在后院，他站在草地上，黄昏在天空中留下一抹绯红。他站在那里，右肩膀上扛着钓竿，手腕快速甩动，熟练又准确地在天空中挥动着钓竿。他的右臂向前方猛掷出去，瞄准想象中河流中的诱饵。他一次又一次快速地出手、猛掷诱饵。我就那样看着父亲在草地上面对着木栅栏钓鱼，听到钓竿呼啸而过，划破傍晚的天空。

我很好奇他是否钓过鱼。

在那之后几个月、几年的时间里，我母亲在学前班担任主任。有时她给孩子们上完课回到家里，父亲就从电脑旁边走下楼，走进厨房对她说："家里没有牛奶了。"最后我父母离婚了。

我的睡眠愈发糟糕。数个小时的烦躁变成了辗转反侧，无法安睡。明天我应该做些什么呢？我拿什么付房租呢？那些铅涂料、石棉和木屑颗粒在我体内产生了什么影响？我有的是时间，开始自省，审视自己的内心，但是看到的却是一片虚无。那是完全的黑暗，我不知道在这片黑暗之中自己在哪里。

在报社工作的时候我努力攒钱，勤俭持家，自认为积攒下一小笔财富。但是我就快花光所有的积蓄了。我的信心和银行账户上的数字一起下跌。我的结局怎么会是这样？

我想念工作，想念玛丽，想念 1×4 的巴西胡桃木木板在我手中的感觉。我想念回家的时候肌肉酸痛，饥肠辘辘，满身尘土。我想念工作期间理所应当的疲倦不堪。我想念从早到晚推进一项工作的满足感。我想要重新开工，制造东西。我想要维持生活。

疑问和空闲时间筑成了一堵墙，这堵墙是持续的焦虑，是对自我的怀疑和真正的意志消沉。积蓄快要花光的时候，我从小道消息听闻我的老东家有一个特约撰稿人的职位空缺。回去，回到我曾经离开的地方——这种想法让我感到紧张，感到一种无法言说的羞耻。但是，薪水、医保和重新获得的归属感是比羞耻来得更汹涌的潮水。也许我业余时间还能做些木匠活儿。

我联系了以前的老板，我对他说，是的，我非常感兴趣，我想回来工作。他说："木匠活儿不适合你吧？"他的声音里带着嘲笑和洋洋自得。我站在灯塔山的一个街角，旁边是大得像河马一样的豪华城市越野车，我看着推着婴儿车的时尚辣妈和宠物狗在查理街上来回走过。他说这些话的时候，我紧咬着牙床，闭上了眼睛。木匠活儿真的很适合我。虽然很辛苦，很脏，有时候还有毒，但是这是我热爱的工作，只不过有时候没有那么多活儿可做而已。

我站在人行道上，耳朵贴着手机，那一刻我意识到自己宁愿在潮湿的地下室掀地毯，也不愿意回到我已经离开的办公室。但是我急需金钱和医保，急需给自己的生活找到目标，这些都比我的骄傲来得重要。

"我想回来。"我不得不摆出一副可怜的样子。

"好吧，我们希望你能回来。"前老板说，还说过几天会给我消息。

自己的房子

我在人行横道上瑟瑟发抖。走过只够一辆车通过的窄巷，两旁的灯笼亮了起来。街灯好似火焰，这一刻仿佛时光倒流，砖墙上闪烁着的灯火仿佛回到了 1850 年，寒冷的空气让我的眼睛蓄满泪水。

回家的路上我试图说服自己，这就是我想要的。我让自己回忆起来那些又脏又累的工作，还有我痛恨木匠活儿的那些时刻。我对自己说，想一想在那对海地姐妹家里的工作，她们把温度设定在八十七华氏度，其中一个人的儿子患了肠胃感冒，大厅的地板上和整个卫生间的水槽里全是呕吐物；想一想我们下到多么深的地下室里，在铺竹地板之前，要把旧的脏地毯掀掉，而地下室和屋里其他地方的温度一样高，地毯散发着发霉的臭味；想一想玛丽在做新的楼梯踏板的时候，我却在撕碎小地毯，而我是多么羡慕她，她手边是卷尺和木头，而我却在用力拖拉那张深黄色的地毯；想一想我的脸像有磁力一样吸附着细小的沙粒，当我像给提线木偶剥皮一样，用刀片切割开地毯的绒面和底面的时候，汗水沿着太阳穴流淌下来；记住 U 形钉扎进胳膊的时候，就像是被一千个恶魔啃咬……记住自己有多么讨厌那一天。

我试着回忆起那些被我抛在脑后的东西，那些在报社里愉快的事情——我喜欢、敬重的人依旧在那里工作，至少其中一部分人还在，而且我也可以一直进行写作，我又可以沿着斯穆特测量过的哈佛大桥步行上班。是的，这是最吸引我的地方。我想到了稳定的收入,想到又可以把钱存到银行账户里。这才是一条正路，回去没什么大不了的。这不是失败，尽管我的大脑一直重复着这个词。

两个星期过去了，我的前东家没有给我任何回复。然后我就听说他们聘请了别人。

在我一片黑暗、混乱不堪的状态下，让我感到失望和愤怒的事情并非我未能如愿得到工作,而是没有人告诉我这个消息。如果我无法胜任这份工作，那没什么大不了的——可怕的是：我已经被遗忘了。

半夜醒来，为了转移注意力，我思考起要为自己建造的房子。我躺在床上，布置好楼层平面图，建起墙壁，设计地面瓷砖、书架和卧室的窗户、厨房的橱柜、工作台和食品储藏室，考虑门槛、照明和温度的问题。我和玛丽去过很多人的家，我从这些房子里加以借鉴。我的脑海中闪现出各种工作经历，有喜欢的，也有不喜欢的。

我从框架开始，想象着骨架结构和地下的拖梁。我会在托梁上面盖上胶合板、低层地板、硬木，也许还有樱桃木或者粗糙、可回收的宽大旧松木。我体会着手里拿着木槌的感觉，想象着铺好木板的成就感。铺地板让人心满意足，从水泥地面到底层地面，从裸露、未完成、肮脏的地面变成了铺设着光滑、精致、木结和漩涡像波浪一样交错的木地板，屋子完成了变形。随着时间的流逝，地板的颜色会变深。木头上会留下划痕和凹痕，生活会在上面留下痕迹，会让它磨损。

夜晚，我在脑海里安排好墙壁和窗户的位置，先用 2×4 的木板、锤子和钉子搭好框架，窗户要有整面墙那么大，为了分散墙壁的重量，窗户上面的顶梁要足够结实。搭好框架之后，就要安装纸面石膏板、用卷尺测量、抹水泥、涂颜料。我要考虑厨房的门朝哪边开，我在脑海中切着镶边，用油灰填补钉子孔。我想象中还有个壁炉，那么我是否需要请一个泥瓦匠?

在二楼浴缸的上方我要做一个天窗，就像我之前做嵌入式大书柜的那家一样。我想象着从一间屋子走到另一间屋子，寻找正确的移动路径。我想要按照功能分割开各种房间、门廊、墙壁和空间，而不是把厨房和餐厅混在一起，餐厅又和客厅混在一起。我想用巴西胡桃木做后面的门廊，看着它从糖浆一般的肉桂色变成磨旧的灰色，就像海边那些房子里的护墙面板一样。

夜深的时候，只有想到这些，我的大脑才能沐浴在平静之中。

在琼·迪迪翁的散文《归家》中，她写到回到童年住所时的经历：

在每一个拐角，每一个角落，每一个橱柜里，遇到一个人的过去，这种感觉让人精神紧绷，让人惶恐不安，我从一个房间到另一个房间漫无目的地走着。我决定迎头而上，开始清理一个抽屉。我把抽屉里面的东西在床上铺开。一条十七岁那年夏天穿过的浴袍，一封《国家报》寄给我的拒绝信，一张 1954 年时在一个购物中心的航拍照片，而这个购物中心并不是我父亲建造的。

松木板

父母离婚后，我母亲分得了在缅因州中部海岸小镇的公寓。她保留了所有的摄影集。我去看她的时候，会在她睡觉之后翻看照片，就像迪迪翁清理旧抽屉一样。

我父亲在马萨诸塞南部海岸的镇子上租了间房子。他住的房子家具齐全，也许住了一段时间以后，这里对他来说也有了家的感觉。但对我来说这永远也不可能像家一样。

外婆的房子是一个像家一样的地方，那栋房子里有我生活的各个阶段，有我的整个人生。而且不仅仅有我的生活，还有我们全家的生活——我母亲的生活，我父母亲在一起的生活，我弟弟们的生活，以及多多少少我表兄弟姐妹的、阿姨的、叔叔们的生活，大家庭中的每个人都属于这个地方。每次去那里的时候，我都会挨个屋子乱转。我打开所有的抽屉，搜罗着各种宝贝，找寻着能勾起回忆和联想的东西。可以当书桌用的架子后面放着一张带框相片，里面是我母亲和她四个兄弟姐妹以及他们各自的配偶，那时候他们都是刚刚开始自己的生活，都还没有小孩儿。他们在圣诞节的时候聚在外婆家，

桌子上吃大餐时用过的盘子还没有清理干净。我外婆在照片的中间，看起来比现在更纤瘦、更高挑，肌肉更紧绷。

如果现在要拍这张照片的话，五个配偶中的四人都会缺席——一个已经故去，另外三个离了婚。血缘的作用和夹钳类似。血缘把我们挤压在一起，消除了距离，即便有的时候我们像得了幽闭恐惧症一样渴望距离。无论如何血缘就这样把我们捆绑在一起，永远都藕断丝连。

在那个漫长冬季的三月里，我去了外婆的房子。她不住在那里了——她现在身体健康，但意识模糊，住在马萨诸塞贝德福德一处辅助生活型住房里。幸好外婆的房子仍旧属于我的家族。

我现在也到了可以为自己说几句话的年纪了，有的时候我觉得不应该休息，不应该换地方，不应该寻找快乐。这种感觉逐渐变成了绝望，我意识到离开一段时间，或者哪怕几天是必要的。

外婆家的阁楼很宽敞。黄色的松木有一英寸厚，八十英尺长，将近两英尺宽。我还是个小孩儿的时候，夏天就在这里睡觉。房梁上掉落下来的蜘蛛网和灰尘，黑夜中咯吱咯吱的声音，木头在重压下发出的叹息和尖叫的声音像闹鬼一样。也许是仁慈的鬼，可那也是鬼。

阁楼的楼梯通往屋顶的小窗口，在那扇沉重的窗户外面就是天空。十几岁的时候，我晚上会在屋顶上坐几个小时。坐在阁楼上能闻到木头和灰尘的味道，那种干燥、陈旧、又富有生机的味道，和我公寓墙壁散发的味道完全不同。

我看着墙壁上安装的木板和高耸的尖屋顶，突然想到一句话，现在不再做这样的东西了，因为再也没办法做这样的东西了。做这么宽的木板需要这么大的树，而我们几乎砍光了这样的树，新的树木也还没有足够的时间长得这么粗壮，毕竟年轮每年只能增加一圈。

画框里装满了老照片，我也不知道里面那些过世已久的人姓甚名谁。这里还积攒了很多旧被子，锁扣生锈的旅行箱，一个带脚轮的矮床，从下面搬上来的破椅子。暴风雨来临的时候最有意思,雨水嘀嘀嗒嗒拍打着右侧屋顶，雨滴在屋顶发出的潮湿、连续的歌声，好像拍打着小翅膀。房子里能听到很大的风声。我会根据风的咆哮声、呜咽声或飒飒的声音来判断风向。

在阁楼的一个角落里，一些落满灰尘的盒子和旧行李箱中间，斜靠着一块木板，这个木板将近一英寸厚，大约三点五英尺长。它的宽度为十六英寸，也就是说这是从一棵至少一百五十年树龄的树上砍下来的。木板的一面有一些随意的砍痕，一共有六条。我离开的时候把这块木板带走了。

我胳膊底下夹着这块木板走在镇上，招来了很多议论。

“你要去冲浪？”有人开着玩笑。

“这有个很古‘板’的女孩儿。”另一个人说了个双关。

“那是什么品种的木头？”留着胡须的老人问道。

“松木。”在我回答之前他的同伴给出了答案。那人长着鹰钩鼻，平滑的头顶上有一把白色的头发。他穿着应季的衣服。我问他是否知道木板上的记号是做什么用的。

“是的。”他说，然后他解释道，很多人都会把老房子从一个地方搬到另一个地方，这些标记可以让施工的人在重新组建房子的时候知道每块木头应该放在哪里。

我把木板带回家，花了几个小时的时间用砂纸打磨掉灰尘和泥土，把粗糙的表面打磨光滑。灰尘随着微风飘散开来，那味道就像阁楼里的一样。粗糙的表面磨去之后，下面清淡、温和的味道灼伤了我的鼻孔。木板上的圆圈和波纹一览无余。一个世纪以前，锯子残忍、粗暴地把它切开，藏在下面的深色木结颜色更深了，像是木头的眼睛。漩涡和波纹像沙堤上的山脊，在砂纸的打磨之下像是要从表面一跃而起。继续打磨，布满灰尘的深红棕色变浅了，漩涡、圆圈和木纹的细线呈现出鲑鱼般鲜活的粉色。几个小时的打磨之后，木头的精细程度越来越高，当我用手掌抚摸这块木头的时候，好像摸到了天鹅绒，又摸到了婴儿的肌肤和臀部。这样的变化每次都让我大吃一惊，仅仅需要一点努力，木头就可以变得如此柔软。这种奇迹般的转变让我兴奋不已。但无论发生怎样的改变，木头仍旧是木头。我在木头上涂了罩面漆，那是一种聚氨酯、桐油和亚麻籽油的混合物，闻起来像是苹果酒，有刺激性的酸味，还有明显的松脂烧焦的味道。我从以前穿过的一件柔软的粉色背心上撕下一块布料，用来给木头上漆。

罐子里的罩面漆看上去像蜂蜜一样。我在木头上均匀地涂上漆，木头把漆吸收了进去，颜色也发生了改变。棕红色又出现了，好像是有磁性一般吸收了上面一层的颜色，木头从浅变深，变成了秋天的颜色。木头上眼睛一样的大木结变成了黑色，所有的瞳孔、漩涡和圆圈都变成了浓郁的深橘红色，好像在木头的基色上燃烧的火焰。我在木板底下装上发夹形状的桌子腿，这块外婆阁楼里的厚木板变成了一个桌子。木板上的砍痕就在桌子的正面，那是一个秘密,提醒着我们,所有的东西,几乎所有的东西都可以再拼装在一起。

四月初的时候我拿起手机，决定再给玛丽打个电话，坚定地告诉她如果在可预见的未来没有工作，我就要另寻出路了。我犹豫地翻着通讯录找到她的号码。这并不是一个我想要打的电话。我可能会得到一个不想面对的答案——不，抱歉，没有活儿了，你自己干吧。我鼓足勇气，想把自己做桌子的事情告诉她，我感觉这也算是一个打电话给她的好借口了。我在手机里按了她的名字。

“你最近死哪儿去了？”玛丽连句问候都没有，一上来就这么说。

“啊，好吧，好吧。真是好久了——”

“我刚要打给你。周一开始在绍森德有个活儿。可能是个有点麻烦的活儿。你八点半到有问题吗？”

我和她说，没问题。

是的。八点半我没问题。

第×五×章

锯子

知道在什么地方用力

我花了很长时间才学到，这份工作中并非所有的问题都能通过蛮力解决。

木匠格言

25. 生活比一块 2×4 的木板更加宽容。

26. 要柔和，要慢，不要用蛮力又撕又拉。

27. 让材料告诉你它们想要的处理方式。

28. 数字是一回事儿，木头的弯曲和运动又是另一回事儿。

29. 肉一上来少炒一会儿，木头一上来少切一点。

30. 每一种电锯都有自己独特的音高。

麻烦的工作

那个周一的早晨，我们来到了波士顿绍森德漂亮的砖块住宅区，街道两旁长满树木，这附近房租很高，周围有不少不错的餐厅和画廊。这个公寓和波士顿艺术中心所在的特里蒙特街相距几个街区，那里有环形天幕和艺术工作室，有波士顿芭蕾舞团，有一个吃牡蛎的地方，一个打造成波西米亚风格的地下酒吧，还有出售昂贵装饰品的精品店。公寓的前门上了锁，玛丽还没拿到钥匙。

她按了门铃。

没人回应。

她又按了门铃。

“这可有点麻烦。”她说。我们俩都有些腼腆，毕竟快半年没见面了。她掏出手机打给女主人，没人接。

“我们在你家门前的台阶上，想要进去，再见！”她在语音信箱留了言。

我们又在台阶上站了几分钟。早晨虽然有些凉意，但仍能感受到一丝即将到来的温暖。马萨诸塞漫长无期的冬天终于被打破了。虫子还没有出现，树木也还未变绿，但是要不了多长时间这些都会到来。

空中的微风在即将盛开的花朵边低声私语。我按下门铃，能听到二楼的门铃响了起来。终于，我们听到了有人下楼的脚步声，门开了。开门的女人头发乱糟糟的，眼袋肿胀，穿着宽松的睡裤和露肩 T 恤。

“你好，尼迪，”玛丽说，“很抱歉吵醒你。”

尼迪未发一言，转身爬上楼梯。我们跟在她后面。她走进公寓，向右拐进客厅。

“我还在睡觉。”她说着关上了卧室的门。

雇佣我们的人是玛丽认识的一家房地产中介，我们的工作包括修理这间公寓的橱柜和楼梯的扶手，把倾斜的内嵌式书架弄平，给一些进行到一半的地方涂颜料，玛丽对着一处亮紫色颜料说：“我想到了狂躁发作。”费九牛二虎之力翻新卫生间，再装上一个新的梳妆台。总的来说，就是在这套房屋出售之前进行美化工作。

作为重新开工后接到的第一个工作，这很合适。因为工作列表上很多项目都能轻松搞定，对于我们来说毫无挑战性。

“你上周应该来看看这套房子，”玛丽小声和我说，“到处都是垃圾。你都走不动。”

我感受到一起工作的那种亲密，分开几个月之后，仅仅是在我们拖东西、卸东西时一句“你听我给你说个八卦”这样的一句话，就让我们找回了那种战友般的感情。

玛丽又给我讲了一些事情。这个女人和一个专门收拾房子的人一起整理房间，虽然取得了一些进展，但是把这里规整好仍旧是个挑战。这里有些灯具，那里有些纸板箱，垃圾袋堆得很高，标记着“易碎品！”的盒子，贴着“极少用到的女士内衣”标签的盒子，发胶罐子，束发带，一筐太阳镜，各种各样的大镜子以一种危险的角度斜靠在那里，呈现出一种细长条游乐宫的镜像。那天早晨，室外阳光明媚，而屋里光线昏暗，好像即将入夜一般。树影投射进来，影子上面是挂起来的深色毛巾。下面粘贴在窗户玻璃上的是一些旧唱片的封套。一张早期 R.E.M 乐队专辑的封面上，迈尔克·斯泰普戴着眼镜，留着浓密的波浪卷发。我感觉自己好像被困在这里了几个星期，一切都毫无变化。

“我不知道能不能叫她囤积狂。”我们带着工具桶、罩单和几加仑涂料爬着楼梯，玛丽小声对我说。这地方虽然不吓人，但很明显，其混乱程度也不是一般人搬家之前的状态能匹敌的。

尼迪说：“我又开始抽烟了。”快到中午的时候她从卧室走了出来，还是穿着睡裤，但是头发不再像经历过风暴一样。

“都是因为要搬家，我十年前就戒烟了。”她要搬到宾夕法尼亚去，住得离她母亲更近一些。

“我在这里住了十三年了，”她说，“是时候展翅翱翔了。”

这话听上去像是排练过的，让人觉得好像她仍旧在说服自己，或者是在重复别人的话。

我拿着工具，因为缺乏练习显得笨手笨脚，扛着电锯和工具桶上楼的时候，胸腔里的心脏怦怦直跳，呼吸也变得急促。但这种感觉又十分熟悉，像是在按照一份许久不做的菜谱做饭——你记得怎么下刀，什么时候放盐，但是会犹豫，有点拿不准，这样是对的吗，之后是做这个吗？我从桶里找出来螺丝刀，切了一块 2×4 的木板，清新好闻的松木味在屋子里飘散开来。我想，当然了，我记得这些，然后微微笑了起来，感觉自己有点分裂。

玛丽让我去处理卧室里一些塌陷的书架。书架上面贴着一些问题。手写的问题字迹干净，透露着乐观，一看就是专门帮人做整理工作的人写的，这些问题是整理、留存物品的标准：

它流行吗？质量好吗，裁剪如何，耐穿吗？

去年我穿过它吗？

它能不能至少和三件外套搭配？

同类的东西我有多少？挑最好的，限制留下的数量。

它很独特吗？

它能不能体现出我是谁，我穿着是否舒服？

它是否能突出我身材的优点？

我想象着尼迪拿起一串夹扣坏掉的项链，一个旧花洒，一个扣子松了、从二手店买回来的羊毛衫，然后读着这张单子思考：扔还是不扔，宝贝还是废物，留下还是离开。

这让我想到了罗伯特·弗兰克一本摄影集中的画，名字叫作《搬家》。这幅大部分模糊不清的黑白色照片中有一块石头，石头上有一些雪。画面两侧是两个电线杆，电线在地平线上延伸开来。石头上白色的雪在画面其他部分中性的灰色衬托下，显得突兀又刺眼。这算不上一幅风景画，更多的是一种抽象的概念，一种情绪。画面里的气氛阴森，像是二月无声的周日下午，冬天似乎永远都不会过去。照片上用刷子或是用手潦草地写着几个字“坚持住，往前走”。这些字看起来像是用血书写的一样。

“阳光有点让我受刺激。”尼迪说。

玛丽比较温和 :“我们要把毛巾和挂毯摘下来，才能刷涂料。”

“早起对我来说很困难。你们可能发现了。”她大笑了起来,显得很可爱，有点紧张，但很亲切。她感谢我们把她的房子弄得好看了很多，又提出了一些可以用的颜色，但她不确定客厅里是否应该刷成米黄色。

“我现在应该待在这里。”

中午，我们坐在门前的台阶上吃午饭的时候，玛丽对我说 :“她考虑涂料的时候，最好能想到这里将是别人的家了。”

我和玛丽都还没有找到节奏，都在慢慢找感觉，就像是晚上走在曾经熟悉的房子里，隐约还记得沙发的位置，但还是需要伸出手摸索着，以免撞到桌角。

“扫掉蜘蛛网,”玛丽对我说,“我们要把你的肌肉练回来。”

在尼迪的厨房里,冰箱旁边的工作台表面覆盖了一层黏糊糊的黑色污垢。老鼠屎掉落在灶台上的平底锅里，积成一坨。喝了一半的苏打水罐子装满了橱柜。烤箱旁边小抽屉的外立面开了胶，上面悬挂着把手。当我打开抽屉修理把手的时候，看到二十个橘红色的处方药药瓶，有些里面装着药片，有些差不多见底了。玛丽正站在梯子上,修理冰箱上面的橱柜门。我抬头看着她。

“我知道,”她说,“别看了。”

我不是故意看的。不过,我当然想看,想通过蛛丝马迹了解这个女人的痛苦和煎熬,这些药片——这么多的药片——治疗的是什么病?

我修好了抽屉,让它回到了轨道上,可以平滑地进行推拉,我贴好了外立面,拧好了把手。

不要窥探别人

木工最大的乐趣之一，就是能够在别人的家里待一段时间，尤其是在自己的公寓里待了那么久之后，这让我激动万分。

可以看看别人吃什么麦片，怎么冲泡咖啡，墙上挂的什么照片，书架里摆放的什么书籍。书架总是最先吸引我的地方。玛丽出去抽烟的时候，或者是在我安装门槛的时候，我会看看别人家的书架上摆了些什么。我还会看看书桌上打开的书——写着电话号码的便签，某对夫妇年轻时的照片，还有从报纸上剪下来的讣告。然后，我还会琢磨：这家养猫吗？有小孩吗？这是手工打造的床铺吗？我想不想住在这里？我是否想要这样的生活？

“不要窥探别人。”玛丽总会这么对我说。

可是，窥探别人难道不是每个人的本能冲动吗？看到某些人生活的一瞬间，瞥到他们站在灶台边，面前是热气腾腾的平底锅，看到他们拉平床垫上的被角，刷牙，脱掉毛衣，这些是多么微小、具体的乐趣。木工让我瞥见别人的生活，但并不是从亮着灯的窗户边走过时的走马观花，而是通过大门，走进他们的房子。

尼迪家厨房的门框上贴着一个亮粉色的便签："你怎可如此妄下结论？"

这句话本身就是妄下结论，是以己之矛攻己之盾。这是一个无情的提醒：是谁给了你权力，你以为你是谁？它也让我觉得紧张，我们在她的私人空间里，试图了解她，而她正在看着我们。如果你想写了便签提醒自己不要妄下结论，很有可能是因为你还没有改掉这个习惯。这更让我觉得我能够理解她。在别人家里工作，进入到一个陌生人的私密空间，这会产生一种奇怪的亲密感。

尼迪发现我正在看她冰箱上的一张照片：一个眼睛明亮、头发厚实的漂亮女子坐在树篱旁的露台扶手上。照片里的女子并没有明显的笑容，但看起来很高兴。

"那是我妈妈。她是不是很漂亮？"

"她真的很漂亮。"

"她好像永远都不会变老一样。我爸爸也显得很年轻。他每天慢跑八英里。我遗传了好基因。你猜我现在多大了？"

我估摸着大概三十大几了，但我又担心因为服用抽屉里的药物，她才会有肿胀的眼袋，而这些都让她看上去更老。所以我减掉了几岁。

"三十出头？"

"哈！"她大笑起来，"我告诉你，我今年四十四岁了。"她看起来很欣慰，我有种感觉，这可能是她和很多人玩过的游戏。

在通往卧室的墙壁上，蜡笔潦草地写着几个八英寸高的大字："火奴鲁鲁比这里早六个小时！！！"她曾经提起过，她妹妹住在夏威夷。她是不是经常很早打给她妹妹呢?

周二的时候，我们把这些字刷掉了。

完工后大约一个星期的样子，我好像在街上看到了尼迪，她带着大太阳镜，遛着一条大黑狗。在她的屋子外面看到她，这感觉有点奇怪，我非常紧张，就没和她打招呼，低着头过了马路。我不知道她是否看到了我，甚至不知道那究竟是不是她。

翻新厨房

新的季节很快就到了。那个夏末，我们接到了一份彻底翻新厨房的工作。一间位于剑桥的三楼公寓厨房将发生翻天覆地的变化。新的地板和橱柜，新的工作台面，新的电器设备，门廊会被拆掉，会建一个新的食品储藏室，灶台和水槽要从屋子一边挪到另一边，也就是说水管要进行改造。

这是个大项目！玛丽的兴奋也感染了我。

业主是两个刚过五十岁的女性，爱丽丝和贝蒂娜。

贝蒂娜来自黑森林地区，有着日耳曼人的大骨架，带着一点德国口音。她说话的时候下巴靠近胸部，虽然个子很高，但却让人有一种被仰视的效果。她给人一种宅心仁厚的印象，这弱化了她的气宇轩昂，可能也更适合她大学教授的身份。

爱丽丝给人感觉身形虽大，但身材矮胖。她没有穿内衣，沉重的乳房像两袋子硬币一样晃来晃去。这个厨房是她的，这一点从一开始就很明确。厨房是由她设计的，她会在餐厅级别的灶台上烤肉，会在大理石工作台面上卷油酥面团。另外，她也在家里办公，所以我们经常能碰面。

七月的波士顿是一锅大汗淋漓和夏日抑郁混合在一起的汤。病态的燥热盘踞在城市上空，气温只会继续升高。浑浊的空气让每一次拥抱、每一件衣服都变成一种折磨。我把气温想象成空气中隐形的棍棒，带着大股湿气的棍棒紧实地捆绑在一起，落在人们的皮肤上，每往前走一步都能感觉到它的压力。我不停地流汗，被热气搞得不知所措，行动迟缓。

在爱丽丝和贝蒂娜家工作的第一天，我们从面包车上卸下东西，把工具搬到三楼。我们脚步轻快，手里的东西也不觉得沉重，面对着即将展开的新工作，我们十分兴奋，格外乐观。

"你应该看看爱丽丝订的瓷砖，"玛丽说。她搓了搓手，那意思是说价格不菲。"特别好看。我总是告诉别人，设计新厨房的时候应该在一样东西上挥霍一下，不管是橱柜，瓷砖，还是岛台。"

铺瓷砖是转行后做的第一项工作，也是我最喜欢的一项工作。这项工作最具吸引力的地方是它的多样化，因为每种瓷砖都有自己的个性和适合铺设的位置。白色小硬币瓷砖很适合铺在小卫生间；大块的瓷砖适合铺设在装有高吊顶的豪华前厅，高跟鞋在上面会发出回音；青金石台面给整个屋子温暖的感觉。瓷砖的质地也各不相同，有平滑且富有光泽的，有泥制粗糙的，有表面坑洼有凸条纹棱的。瓷砖的颜色变化多端，有落日般的赤褐色，有海滩岩石的暗蓝灰色，还有预示着清爽生活的纯白色。

我们把工具搬到楼上之后，开始环视整个屋子。房屋的拆除工作已经完成，屋里空空如也，没有任何电器、橱柜或地板。唯一留下来的东西就是冰箱，我们需要在开工之前把冰箱搬走。玛丽快速地给出了一个行动纲要，来说明每样东西应该在哪里。冰箱靠墙放在右边，水槽在冰箱左边。我们对面的墙壁上，两个窗户中间伸出来一个岛台，岛台在厨房正中间的位置，岛台上正对冰箱的位置装烤箱；岛台两侧会安装窄小的橱柜。左侧有一组开放式架子，后院露台门口的区域是食品储藏室。玛丽一边说，我一边点头，努力把每个东西都放在正确的位置上。面对空无一物的屋子，在脑海中想象出一个摆满东西、功能完备的房间需要练习和想象力。这个空空荡荡的房间，一眼看上去几乎不可能再成为一个真正的厨房。但是，我能感受到它的潜力。

“我们先把冰箱搬出去吧。”玛丽说。

我在冰箱门周围摸索着，想找个好抓手，但是不小心把冰箱门打开了。突然之间，一股浓重、难闻的气味把我们弹了出去。变质牛奶的酸臭味和其他腐烂物品的霉臭味混合在一起，那种发臭的味道让人觉得好像连电都腐烂了一样。黑色的、毛茸茸的霉菌变成粉末，黏滑地附着在架子和抽屉上。

为了躲避房屋翻新时的混乱，爱丽丝和贝蒂娜回德国已经好几周了，她们走之前把冰箱的插座拔了下来。但是忘了冰箱里还有两桶酸奶和一块埃蒙塔尔奶酪，而且从她们走之前几天开始，气温已经在 85 华氏度左右了。玛丽打开一个抽屉，里面有一些目前无法辨认的植物，和一些黏稠的泥状蔬菜。

所以，我和玛丽没办法马上把冰箱搬走，我们花了一个小时的时间把冰箱清理干净。

“把抽屉拿到浴缸里。”她对我说。我用水、防腐消毒液和一块绿色的海绵冲刷掉塑料上的霉菌，然后我就联想起新项目中出现的各种插曲。当我告诉别人我是个木匠的时候，毫无疑问他们会想象出苍白的木屑圈，带着阖家欢乐和圣诞气味的松树，还有对着工艺品静默的沉思。但是现在，我正在一个陌生人的浴缸里，擦掉冰箱蔬菜抽屉里的霉菌。工作刚开始的时候经常会有我们预料不到的东西，这和木匠接受的训练和专业技能几乎毫无关系。

当我们想象着别人的生活时，总是最容易想到最兴奋刺激的部分，最富有戏剧性、最活色生香的部分。医生在车祸之后为伤者接腿的急诊手术，画家完成了一幅肖像画后和模特上床，农民在一天的收获后慢慢走回家，把一个脏麻袋扔到桌子上，里面是新鲜的胡萝卜或洋葱。也许在想象中把生活浪漫化一种充满希望的举动，让我们觉得那样的生活有可能实现，别人的工作有可能既富有挑战性，又让人获得满足感。

在别人眼中的我也是如此：你是个木匠，做东西的感觉一定很爽！

是的，除了那些不爽的时刻，其他的确都很爽！

搬瓷砖

开工三天之后，我们终于准备好铺瓷砖了。前一天晚上我接到玛丽的电话。“听着，明天我要在外面跑一天。九点到十点之间有人会送瓷砖过来，他们会放在台阶下面。如果你想过去接货的话，把瓷砖搬上楼就可以收工了，我们俩周四再见。”

把几箱瓷砖搬上楼就可以收工了？太好了！

我坐在爱丽丝和贝蒂娜家的门廊上等着送瓷砖的人。差几分钟十点的时候，送瓷砖的人开着卡车到了门口。他的肩膀像香瓜一样，汗水从前额滴落下来。

“天够热吧？”他卸下全部瓷砖，码放在台阶底下，“有人帮你吧？还是你要自己把这些东西搬上去？”

“就我自己。”

“这楼里有电梯吗？”

“没有。”

“今天这个工作真是为你量身打造的，别热着。”他爬回卡车里，呼啸着继续去送货了。

谁他妈的需要电梯?

台阶下面堆了二十五箱瓷砖，还有两袋六十磅的水泥，足够建一个堡垒了。玛丽对瓷砖的评价是正确的。这是些漂亮的方形瓷砖，5×5大小，颜色是光滑石板的那种青灰色,每一块都与众不同。有的上面有些隆起和小坑，有的上面有些更浅的灰色条纹，像是沙滩岩石上的幸运环。即便它们还在箱子里，你也能毫不费力地想象出，星期天的早晨光脚站在灶台边炒鸡蛋，或是睡前在黑暗中踮着脚尖走进厨房倒上一杯水的时候,它们在你脚下的感觉。我看着这堆东西心想，还好，虽说要搬很多趟，不过我也许可以像那个送瓷砖的人一样，一次搬两箱。

我搬起一个箱子——噢，该死——我又把箱子放下。然后我笑了起来，自己没办法一次搬两个箱子。箱子很重，也就是半条面包大小的箱子，却每个都有三十五磅之重。这相当于超过四加仑的水和一麻袋近三千枚二十五美分硬币。我和三楼之间有三十级台阶，那天早上十点的时候，温度已经接近八十五华氏度。

我开启了骡子模式，一次一个箱子，一步一个台阶地往上爬，然后飞奔下楼搬下一箱。箱子在手，我们就走，搬完就下楼。这真是有一种催眠的效果。我只是一具上下移动的躯体，无需大脑，只需肉体。我所需要的就是肌肉、耐心，以及势在必得的意念。这和清理发霉的抽屉有相似之处：枯燥无味，但必须要做，毫无想象力可言。

随着楼梯下面箱子的数量在减少，楼上的数量在增多。还剩十个箱子，

还剩四个，还剩一个，我想我也不应该把两袋水泥落下。那天我爬了八百级台阶，搬了九百多磅的东西，接近半吨。在辛苦劳动后获得的满足感，和我在截止日期前交稿竟如此不同。

完成一篇文章之后，释然与筋疲力尽的感觉交织在一起，我会出现短暂的脾气暴躁和精力枯竭，有点扫兴，有点空虚。赶完稿子之后，我体验过眼球后面的疼痛，视线涣散，没法聚集在下一个遇见的人身上。之前越是沉浸在写作的世界中，就越是感觉自己离身边的世界越远，尤其是少数几次在飞机上的写作，世界除了文字空无一物，降落后那种穿越回现实的感觉让人备受折磨。几乎就在收笔的那一瞬间，喜悦就消逝了，我所看到的只有缺点。

而木匠工作就不同了，我回头去看所有我们建造的东西时，都怀着满足和骄傲，即便是看那些本不值得我满足和骄傲的东西。我们给一个富有的精神病学家做的书架，毫无疑问是迄今为止最棒的书架；我们把地下室改成卧室时安装的竹质地板，谁会在乎地板的颜色是不是创可贴的颜色，没有比这个更好的竹质地板了；我们在萨默维尔做的露台楼梯，我可以在上面跑上跑下几个小时，它们是如此结实美观。

把最后一箱瓷砖和最后一袋水泥搬到厨房门口之后，我觉得无比振奋，整个人都觉得更实在，更有用了。我实现了更多的价值，也没有回到不同世界之后的折磨，因为我一直都在这个世界。我脱掉上衣，用卫生间的淋浴冲洗掉身上的汗水，给玛丽打了电话："搞定了。"

"呜呼！你一定大汗淋漓了。姑娘，喝点水，下午找个地方游个泳。明天我们一大早见。"

我跳下台阶，锁好身后的大门。那天收工之后，视野感觉更开阔了。我走回家的时候空气浑浊，人们的前额冒着汗。礼服衬衫粘在前胸后背上，树上叶子的绿色好像比平常更饱满，好像它们也意识到天气酷热，大发慈悲地想为人们提供更多荫蔽。

我对着马路另一边的人微笑，他也对我报以微笑。一切都很好，一切都会好起来的，微不足道的混乱和苦恼会在更庞大、更激烈、与生活紧密相连的浪潮中消失殆尽。

那些箱子真他妈的沉，可是我真高兴自己搞定了它们。

从那时候开始，我不再仅仅是一个搬东西的人，我出师了。我不再只是给玛丽打下手，我开始独立完成某些项目的一部分。

打橱柜

玛丽让我打一个用来藏在食品储藏室里的桦树胶合板橱柜，食品储藏室所在的小区域是从厨房通往后门廊的过渡地带。

我和玛丽劈下来很多张四分之三英寸厚、8×4 大小的胶合板，然后用台锯根据需要进行切割（直锯法可用于和木头纹理平行的切割）。我用斜切锯切割出橱柜侧面和上面的板子，用胶水和射钉枪把木板固定在一起，每打一枪我都能闻到燧石的味道。我把它们放在地面上，看上去就像是在大沙坑四周立起来的墙壁，然后我在箱子的后面固定了一块四分之一英寸厚的胶合板，这块板子可以支撑住其他四块，防止箱子晃动。想象一下，如果剪掉冰棍盒子上下两面的纸板，然后用手按住其他边左右移动，它们的位置就会发生改变。橱柜箱子也是这个道理：后面的木板起到稳定的作用，防止四个侧面的位置发生改变。

柜子和隔板都需要镶边，这样可以盖住胶合板粗糙、丑陋的侧面。木头薄片交叉着粘贴在一起成了胶合板，也就是说，相邻两层薄木板的纹理方向不同，所以胶合板不易弯曲、膨胀、收缩或开裂。它比自然界中生长的木头更坚固，又比实木便宜得多。爱丽丝在瓷砖上豪掷一笔，只好在食物储藏室上节俭一些，胶合板就是最合适的材料。

为了盖住胶合板的边缘，我做了测量和标记，然后切下一些1×3大小的白杨木条给橱柜做镶边，还有一些1×2的木条给隔板做镶边。白杨木是一种奶油色的木头，上面有绿色的漩涡，有时纹路里还有紫色的线条，像是冬日天空中的最后一抹夕阳。这种硬木价格不高，不易产生划痕、凹痕，对于使用频率很高的食物储藏室来说非常合适。

木材成为硬木、软木的条件和它们的繁殖方式有关。让我来唤醒大一生物课的幽灵：被子植物就是种子外有果皮包被的植物，一般来说，落叶树（树叶会脱落的树）都是硬木树。红木，胡桃木，橡木，柚木和椤木是硬木的典型。而松木，云杉，雪松，红杉和针叶树等都是软木，这些也都是裸子植物。它们的种子在空中飞舞，外面没有果皮。软木成长速度快，通常比硬木便宜。硬木通常密度更大，巴杉木是个例外，夏天的时候两片巴杉木做成的飞机可以在后院飞来飞去。

我测量后做了标记，给每个柜子切出来六块隔板，然后把镶边贴在胶合板外层的边缘。我一共做了四个箱子，两个底，二十四块隔板，五十八条镶边。做这些橱柜一共用了一百多块木头。再之后是打磨，涂底层漆，上颜料。几块胶合板和白杨木木板变成了四个橱柜，变成了结实、有用的东西。

“嘿！玛丽，”我站在门廊里喊她，“来看看。”我站在橱柜旁边满脸笑意。玛丽笑着走了出来，和我击掌庆祝。我们不常发生肢体接触，所以击掌的时候有点尴尬，但却足够真诚。我不好意思地涨红了脸，这种感觉既真实又陌生——或者说不是完全的陌生，只不过看起来像是丢失已久的孩童般的骄傲。

其实还有其他的意义，这不仅仅是“看看我做了什么”的快乐，而是更真实的满足感。在那天工作结束的时候，我做了四个牢固又结实的大橱柜。我和玛丽汗流浃背地站在那里。太阳西沉，好像是在正式落山之前要膨胀起来一样。

我感觉之前做的事情是正确的。一开始什么都没有，然后这里有了橱柜。这些隔板上会放上麦片盒子，装着豆子的罐子，蛋糕烤盘和卫生纸，燕麦粥，糖浆和辣椒罐子。那天下午稍晚的时候，温度依然很高，我和玛丽坐在后面的露台上休息，我告诉她我爱死了那些柜子，她微微笑着，然后又大笑着说：“它们看起来像是加宽了一倍的棺材。”

管槽

几天之后气温达到了最高峰，管道工一直在骂脏话。

年长一些的管道工叫本，肩膀宽大，圆圆的脑袋光秃秃的，他躺在地板上，粗壮的胳膊伸向厨房水槽的下面。汗水像宝石一样镶嵌在他的头皮上。他摸到管子和螺钉的时候闭上了眼睛，这个大块头的成年男人闭着眼睛躺在地板上，汗水沿着他光滑的头皮流下来。他闭上眼睛的时候，能获得更好的感觉，我想也许这就是为什么我们会闭着眼睛接吻。他站起身，青灰色的瓷砖上留下了他后背上潮湿的汗水，瓷砖的颜色变深了，汗水的阴影很快风干，如同阳光下海滩上的岩石。

年轻一些的管道工詹姆斯正在地下室，他通过发着嘶嘶声的对讲机大声喊着关于水位的一些事情。玛丽在厨房顶上供管道通过的槽隙里面。她趴在那里排列通风管道，这些管道从工业规模的烤箱通风口延伸到灶台上方，通进天花板，最后穿过十点五英尺昏暗的槽隙抵达外墙。打开风扇的开关时，那动静像是喷气式飞机在起飞，这个风扇可以吸走灶台上的烟雾和油腻的脂肪气泡。玛丽在上面摆弄金属物体时发出沙沙的声响。当管道工停止聊天，电钻不再尖叫，锤头声也停下来的时候，你能听到玛丽在发出低沉的声音。

那天开始的时候大家在聊着猪。

“农场怎么样啦？”玛丽问詹姆斯。

“我现在有几头超过三百磅的猪。要是超过了这个重量吃起来味道就没那么好了。”詹姆斯还说他把猪送到屠宰厂，然后拿回来按每袋一磅的标准制作香肠。

“你都想不到我们拿回来多少袋子。农场所有的冰箱里都塞满了。”除了他的圣伯纳德以外，他没有给其他动物起名字。他有只叫作“草地”的奶牛，用草地做的汉堡非常美味，“但还是有点伤感的。”他说。

“你之前是不是养着野猪？”

“你说那头公野猪啊？是啊，那个坏家伙。”有一次为了躲避这头野猪的攻击，他用 2×4 的木板狠狠地打它。这个画面很容易就能勾画出来：大块头的管道工瞪着眼睛，鼓起肚子，那野兽毛发又硬又粗糙，目露凶光，管道工用一根木头击败了野兽。他也有点目露凶光，有点不耐烦，还有点忧伤。我喜欢听他讲猪的事情。

“你还在考虑搬到乡下吗？”他问玛丽。

“我一直试着说服艾米丽，我们应该在 2 号公路外面的什么地方买个农场。”

“你应该这么做。”

“在那里，或者去阿拉斯加。”

我们把这一天要用到的工具准备好，早晨九点时的气温已经不太妙了。

“今天要骂更多脏话了。”那天早上，玛丽打开天花板上的槽隙时开口说了这句话。这是她常说的一句话，这句话准确地预言了一天的情形。

我在后面的楼梯井里，汗水湿透了衣背。玛丽给我了一个明确的工作：做一个管槽，盖住从楼梯平台到天花板之间的管道。

“管槽是什么？”我问她。

“基本上就是一个把管道藏起来的立柱。一个三面的长条箱子。”她说，可我茫然地看着她。

“一个用来藏起管道的东西。”我们站在楼梯后面看着这四个管道，有粗有细，其中一个的外面包着塑料泡沫。“垂直的这种叫作管槽，如果是沿着天花板包住管道的就叫作拱腹。”她向我解释道，“首先要给这些管道做防火隔墙。”也就是说，在管道穿过天花板和地板的地方喷一种有毒的橘黄色泡沫，这些泡沫膨胀之后像是烧焦的棉花糖。毒性泡沫装在一个强固金属罐里，看起来里面好像随时会喷射出一些可怕的东西。膨胀之后变硬的泡沫能够延缓其他楼层火势蔓延的速度。

“没问题。”

我做了测量，切了木头，把三块木板用胶水和钉枪固定好。玛丽是对的：它是一个三面的长条箱子。和玛丽那边地狱一般的槽隙相比，我这一天真是非常轻松。我右肩膀上扛着管槽，像是扛着一棵橡树，小心翼翼地穿过厨房，下到昏暗的楼梯后面，躲避着门框和橱柜。

我把管槽支撑在墙边。槽隙的入口就在我头顶，玛丽移动的时候有些隔热材料掉了下来。有些粘到我胳膊的皮肤上。有一小片落在我的嘴唇上，我试着把它吐出去。

“只是报纸而已。”玛丽在上面对我说。

我不相信。在我的想象中，这应该是混合着报纸碎片、老鼠尿、啮齿动物洞穴的碎石头、石棉残渣和各种致癌灰尘。我不想让这种有毒的东西粘到嘴唇上，我试着擦掉沾在潮湿的胳膊上的碎片，但是我担心这样只能让有毒物质进入毛孔。这是经常会有的那种担忧——当我们混合水泥，打磨，染色的时候，尤其是我们砸墙的时候，我一直都很发愁，不知道进入到身体里的是什么东西，不知道会造成什么伤害。

“能给我拿一个扁平钻头吗？”玛丽冲下面喊道。我就像她这位主刀医生的护士。我爬上梯子，一扭一摆钻进洞里。里面的热气扑面而来，我好像被塞进了面包机里。玛丽用一盏从地下室带来的露营灯照明。她的胳膊、脖子和脸上沾满了灰尘和隔热材料。她对自己的身体有一种无所畏惧的态度。我把钻头递给她。

“我很高兴，我们等到一年中最热的几天来做这个工作。”玛丽说。

“抱歉这里实在装不下我们两个人。”

“不必抱歉。”

“你想带个面具吗？”我问她，虽然知道她会拒绝。

“这样我都快喘不上来气了。”

我爬下梯子，玛丽把金属管道压弯，把两段连接在一起，金属管发出拨弦一般的声音。

测量与切割

本在水槽下艰难地工作着。他抬起穿着工装靴子的脚来保持平衡。詹姆斯正在用扳手敲着水管。地下室传来一连串清晰的叮当声。

我站在楼梯平台上，举起管槽对准管道前后移动。管槽的左右两边刚好能罩住所有管子。我把管槽往里推，想让它紧贴墙面，但是它却卡住了。

从楼梯平台到天花板，墙壁和管槽之间有一条三英寸的缝隙。是我的测量出现了错误？平台到天花板的距离我难道测量错了？我拉开卷尺量了一下管槽的侧面：差一点点一百一十英寸。我又量了一下天花板的高度：刚刚好一百一十英寸。我把身体靠在管槽上往里推。没什么变化，完全没作用，我踢了它一脚，它还是紧紧卡在那儿。

本和詹姆斯依旧在用对讲机来来回回地沟通：

“你找到了吗？”

“找到了。”

“是在锅炉那边？”

“是的，我找到了。”

“一切都正常吗？”

“除了我快热化了以外，其他没什么问题。”

两次测量，一次切割。这条木匠的格言提醒我们，当我们匆匆忙忙或者心不在焉地开始第一步的时候，要做好计划，要测量精确，要避免浪费时间、金钱和材料。“我切了两次，但还是太短”，这是玛丽以前的老板常讲的玩笑，我听到的时候捧腹大笑。生活比一块 2×4 的木板更加宽容。别说测量两次，测量上千次都可以。

我蹲下身子去看楼梯平台，我看到了卡住管槽的东西。两块地板相接的缝隙鼓了起来，虽然只鼓起来一点，但足以让管槽没办法被完全推进去。就算用脚踢，用全力往里推，用整个身体的重量往里推，管槽仍旧没办法越过隆起的地方，没办法贴紧墙壁。那时候我已经知道，测量并不总是绝对的，有的时候在正确位置上的一个小凹槽能够消除几英寸的误差。数字是一回事儿，木头的弯曲和运动又是另一回事儿。有些木头块、有些地方允许我们犯错。但这里却不是。汗水沿着我的下巴流了下来。我需要把管槽的底部削掉一块，也就是说我要把它举在肩膀上拖出去，重新搬回我们放工具的露台上。

砰！猛的一声响，我撞到了门框上。

“用磨砂机。”我听到上面传来这句话。

我用磨砂机打磨管子槽接触到地面突起的地方，把木头打磨掉一些，但担心会磨掉太多。我们刚开始一起工作时，有一次我和玛丽站在浴缸里铺瓷砖，玛丽说了一些让我印象深刻的话 :“木头对我来说和肉一样。你永远都可以从木头上再切掉一点，你永远都可以再炒一会儿肉。肉一上来少炒一会儿，木头一上来少切一点。”

每当我拿起电锯，“肉一上来少炒一会儿”这句话就会回荡在脑海里，它就像一句测量咒语。一层薄薄的木屑刚盖住了我脚边露台上的木头，我就赶快切断了磨砂机的电源。我用手指抚摸着木板边缘，刚刚打磨过的木头摸起来像天鹅绒，这让我感到既惊讶又欢喜。我想要弯下腰，用脸颊去蹭一蹭它，就像小时候走进女士皮草店，我会用脸颊蹭一蹭皮毛大衣一样。容易开裂的木头可以拥有天鹅绒的触感，这是一种让我百思不厌的转变。

从后面的露台往外看，能看到中心广场周围房屋的背面，那里给人一种“一直都不怎么样”的感觉，教堂门口堆满了垃圾，飘着一股尿骚味。这里保持着一种独特的都市氛围，和坐落着瑜伽工作室、瑜伽商店的其他地方相比，这里多了些沙尘和不可预测性。

从我站的地方能看到小型后花园中摇曳着的萱草和盛开的绣球花。隔壁的老年人每天早晨都坐在露台上看报纸，旁边高高的玻璃杯里放着橘子汁。我挥了挥手，他朝我举杯示意。他穿着短裤，没穿上衣，胸口白色的毛发在深色皮肤的衬托下很显眼。一群年轻人住在马路对面的三楼。露台的栏杆上斜靠着几辆自行车。他们把彩灯系在天花板上，用牛奶盒当烟灰缸。一个穿背心的女孩每天下午都在那里抽烟。

那些天傍晚五点我们收拾东西的时候，露台上就已经有几个人了，啤酒瓶子开盖时发出的嘶嘶声让我也想喝一杯。一只橘色的猫在下面的露台上游荡。

低级失误

我把管槽举起来扛在肩膀上，掌握好方向，穿过厨房。

“玩得开心吗？”本嘲笑道。

我把管槽重新放回楼梯后面，把它往里面推，但是又被卡住了。我站在那里一言不发，抑制住怒火。地下室传来电锯切割金属的刺耳声音，然后停了下来。本的对讲机又在厨房里嗞嗞啦啦地响了起来。我很好奇，如果我直接走掉了会怎样。如果玛丽从槽隙下来之后发现我已经走了，她会怎么做呢？

我用脚轻轻踢了下管槽，弯下腰，一只手往上托着底座，另一只手往上够着槽顶，这姿势好像某种尴尬的足球防守动作，然后我用脚把管槽往里踢。我动用了所有的肌肉和意志力，试图把管槽推过那个该死的小突起。但是毫无作用。

“他妈的！”

玛丽在上面发出窸窣的声音，说：“把它扛出去。”

我插着腰站在那里想：应该有更简单的办法。这本来是个简单的事情，不过就是用三块木板把管子藏起来而已。本和詹姆斯让房子里的煤气和水沿着正确的方向流动，玛丽在微弱的光线下肚子贴在地上干活，他们的工作才具有挑战性，才是至关重要的。我的管槽不过是装饰性的工作，但是却耗费了一天的时间。

玛丽从槽隙里下来，跟着我走到露台上，她把衣服上的灰尘和绝缘材料擦掉，又擦了把脸。她看起来好像从煤矿里出来的一样：眼睛和嘴巴周围全是黑色的灰尘，脖子上的皱纹颜色变得更深了。她弯下腰，用两只手粗暴地抓了抓金属丝一般的短发，她的头发上面好像洒满了盐和胡椒，抖掉一层灰尘，然后站起身，卷了根烟。

我又用磨砂机对准了管槽的底部，她抽着烟看着我，我打磨着左下角，这样管槽就能从突起上面滑过去，最后贴紧墙壁。我像之前一样把它抬起来，玛丽托着后面跟着我，躲避着墙壁。

她站在楼梯最上面看着我，我再次把管槽放了下来，抬起来一点，然后滑到了墙边。这一次，它终于滑到了和墙面平齐的位置，从上到下紧紧贴在墙面上。管道消失不见了。以前它们很显眼，它们的宽窄，它们的颜色，它们让人思考里面流动着什么东西：水，煤气，或是粪便。这个木头立柱把管道完全隐藏起来，这令人感到惊喜。管槽消失在墙面里，当爱丽丝和贝蒂娜来地下室拿毛衣或者拿网球拍的时候，她们完全不会多想。

“不错，”玛丽说，“事无三不成。”

完成任务之后我松了口气，“应该没这么复杂的。”

“你没忘记给水管做防火吧？”

我闭上了眼睛。整个早晨，那个有着细喷嘴的小瓶泡沫就放在离我两英尺远的楼梯上，但我还是把它给忘了。血液涌上脸颊，我的心脏在胸腔里显示着自己的存在，它怦怦直跳，好像在说“离开这里，快跑”。这里太热了，我的耐心像两头都已经烧完的灯芯。

“狗娘养的。”我对着地面说。

我忘记了，尽管玛丽说这是我应该做的第一件事，但我还是没记住。因为两个愚蠢的理由我忽略了她的建议：一是，我想赶紧做比较有意思的木工活；二是，我并不是很想搬把梯子到楼梯井里，爬到上面，对着管子穿过天花板的地方喷泡沫。我想先做好木工活，然后在装管子槽之前做防火。由于我的懒惰和想当然，我现在想把管槽拆下来，把它顺着楼梯扔出去。我想踢倒墙壁，想砸碎木头。

我特别想问，是不是那里没有防火措施也是可以的。我像个傻子一样，希望这一天赶快结束。

玛丽笑了起来。

这是玛丽最了不起的性格。她从不指责我，相反，她用这些被搞砸的事情（这种事情太多了）来给我上课。我羡慕她的耐心，我经常希望在我面对着一颗掉落的螺丝钉，或者一块没办法从墙上撬下来的踢脚板的时候，我能召唤出她的冷静和韧性。她的耐心是一根几英里长的灯芯，尤其是在面对拒绝合作的无生命物体带来的挑战的时候，这根灯芯可以燃烧几个小时。有的时候你做错了，那我们就来看看能不能纠正过来，这就是她看待错误的方式。

我们重新出现在厨房里的时候，管道工们笑了起来。玛丽脏兮兮的；而我则愁眉不展，T 恤还被汗水浸透。

“天气不错。”本开了个玩笑。这两个人穿着工装裤，脚上是结实的系带靴子，扎着皮腰带，穿着领尖钉有纽扣的长袖衬衫，胸前口袋的位置绣着公司的标志。他们的衬衫也是湿漉漉的。本解释说，每个阶段都存在挑战。他们明天回来继续干活。

“赚了多少钱？”玛丽问。

本皱了皱眉头，伸出两根手指。

我不太了解做管道的事情，但我知道请管道工非常贵。他们给这栋三居的房子重新规划了管道路线，两千美元对于这些工作来说还是很值的。

“也不错啦。”我说。

玛丽看着我，小声对我说：“是两万美元。”

我的脸上浮起吃惊的表情，本冲我眨了眨眼。

玛丽换了话题。她开着玩笑，调侃她在厨房上面待的那个鬼地方，那两个人很好奇为什么爱丽丝不能给他们提供一个电扇。我把脸上的汗水擦掉，然后试着擦掉小腿上的锯屑，锯屑像沙子一样粘在我的皮肤上。

大腹便便、眼神调皮的詹姆斯在我肩膀上轻轻拍了一下。

“肯定比坐在办公桌前面强。”他说。

危险的电锯

很多时候，比如说烦躁、犯了不该犯的错误时，我会特别想像电锯一样发出刺耳的声音。

每一种电锯都有自己独特的音高。斜切锯，也叫切割机，音调最高。它能发出一种让人疯狂、恐惧、具有穿透力的声音。当旋转的刀片降低到木头上的时候，它绝望的呜咽声会刺痛我的耳朵，即使我塞着松软的橘红色耳塞。通常，我们会把耳塞头捏紧，旋转着放进耳朵里。我们使用的电锯里，斜切锯是最危险的。也许是因为刀片旋转时罩在上面的塑料防护壳坏掉了，柔软的肉体和旋转的刀片之间毫无保护措施；也许是因为这是我们最常用的电锯，也是我用得最舒服的电锯，所以也就成了我最有可能用起来粗心大意的电锯。稍微不集中注意力就有可能手指落地，血染木屑。每当我把手放在把手上、按压开关，让刀片旋转起来的时候，我都会提醒自己小心点。

台锯发出的咆哮声更低沉，更稳定。台锯主要用来切割更长的东西和调整长条状物体的宽度，比如一块 8×4 的胶合板。木头通过台锯时发出的嗡嗡声，好像夏天走在田野里听到的白噪音，那是周围许多的虫子在燥热的天气中发出的嗡嗡声，那是夏日里的虫之歌。这种声音没那么具有威胁性，也更让人冷静。台锯的四条腿稳稳地支撑在地板上,这让它看起来没那么吓人。但是每次我们架好台锯，给轮子装上曲柄，把刀片抬高到桌面以上的时候，它都会让我想到一种酷刑工具，旁边站着一个被捆绑着的囚犯，他的嘴里塞了东西，身体在剧烈地扭动，他看着刀片升了起来。更可怕的是我站在台锯前面，把木头沿着桌面往前推的时候，我会想象刀片离开了它正在旋转着切割的木头，从桌上的卡槽里飞出来，冲着我旋转着飞过来，穿过我的内脏和脊椎，把我切成两半，然后像个轮子一样滚到草坪上，切开虫子的脑袋和尾巴，尾巴还在泥土里蠕动着。

我们一般用台锯开槽，比方说，把顶冠饰条切掉一部分，这样两块饰条在墙角相交的地方，就能连接得很紧密。因为台锯的刀片是圆形的，而且做饰条的木头也有一定的切割角度，所以饰条正面的部分保持原状，刀片从后面进行切割，切口和另一块饰条的线条弧度相同，两块饰条可以紧紧贴合在一起,就像是一只手包住另一只手握成的拳头。我把饰条对着刀片来回移动，我的动作幅度微小且柔和，电锯把曾经结实、完整、坚固的东西变成了多面、被分隔开、轻如飞絮的东西。我的动作很慢。

我的开槽做得并不是很好。有时候刀片在外缘切得参差不齐，破坏了曲线的平滑感，这种错误站在地面上都能看得到，所以只好用木粉腻子填平隐藏好。有的时候一切进展顺利，移动的速度缓慢，切割平滑，毫无差错，我的视线锁定在刀片下面消失的木头上，除了切割的线条、旋转的刀片和飞扬的锯木屑，一切都消失了，然后饰条便离我而去，失去了意义，就像是重复说了太多次的单词失去了意义一样。线条模糊了，切掉的东西太多了，有个缺口的地方本应该是平滑的。我给自己多留出来几英寸，以防切错了要重新开始。“肉一上来少炒一会儿。”

钢丝锯是手持的，用来锯小切口，细小的刀片可以上下移动。它发出的声音更接近“砰砰”的声响，像是有人在跑步的时候试着讲话。它让我想到了缝纫机，钢丝锯的刀片起起落落地穿过木头，好像针穿过布料一样。

往复锯有点像后面装了刀片的机关枪。如果刀片碰到木头时你抓得不紧，刀片就会跳起来，使劲摇晃，按住往复锯、扣动开关让刀片全速运转，这些全都需要力量。我不喜欢它野马一般的感觉，不喜欢它有跳起来、踢人一脚的风险。而玛丽却可以驯服它。

做爱丽丝家巨型烤箱的通风管道时，玛丽让我用双手和膝盖抱着支撑住一条很长的金属管道，她用往复锯把管道切开。我全身都在颤抖。然后我的手指感到了刺痛。我的手肘能感受到这种陌生的电流，能量从刀片传到金属上，再传到我的肌肉和骨头里，有点像轻度触电，刺耳的奇怪嗡嗡声和刺痛感让你的手一下就从电源上甩开了。

风险

电锯并不是工作中唯一存在风险的东西。安装爱丽丝的大理石台面之前，玛丽需要修理台面上方的窗户。

“我的天啊！”走进厨房的时候我不由地喊了一声。玛丽在厨房里，准确说是她的下半身在厨房里。她趴在临时台面上，两条腿从三楼的窗户朝里伸进厨房，上半身在窗户外面。她猛地一拉厚厚的捻缝材料，从外墙上撬下来一小块镶边。她头朝下冲着地面，用大腿把自己钩在了墙上。

“有什么我能帮你的吗？”

她摇晃着回到屋里，站在台面上。“我需要你的帮助，”她说，“我需要你到这边抓住我的腰带。”

“玛丽，我的天。”

“没问题的。”

窗户玻璃已经被拆掉了，与其说那是个窗户，不如说是墙上裂开的长方形豁口。我并不恐高，但当我走到窗户边上，看到三层楼下面的砖路和金属栅栏时，还是觉得天旋地转，胃部紧缩。很明显，墙壁非常薄，我们和下面的世界之间几乎毫无分隔。

“抓紧了，”玛丽说，“我需要把身体探出去，弄一下上面的窗角。”她用撬棒敲了敲墙面，告诉我她要动工的位置。

我站在地上，试图把运动鞋扎进瓷砖里面，用两只手抓住玛丽腰后面的皮带。

“准备好了吗？”她问我。

“好了。”

“抓紧了。”

“我的天！”

她腰上的皮带是黑色的，扎在腿部有大口袋的卡其色工装裤上；一个口袋里装着一袋子烟草，可能还有一个红色的塑料打火机；另一个口袋里有一个多功能刀和几颗掉落的螺丝钉。皮带的外侧是光滑的亮面，内侧是柔软的毛毡，可能会起到吸收湿气的作用。在七月下午的这个时候，太阳移动到天空的另一边，下面的金属栅栏和砖路都处在阴影之中。皮带扣是银色的，但是那一刻我没法看到它。我用两只手抓着玛丽皮带的后面，而玛丽站在台面上，身子探到窗外。我靠在上周刚装好的樱桃木橱柜上支撑着自己，通过手中的皮带我能感觉到她的重量。

玛丽的裤子和后腰之间能塞进去两个拳头，她扭动着身体在外墙上工作，除了两条腿以外她整个人都消失在窗口。每用力撬起一块捻缝，她的身体都会随之猛地一抖，我的心脏就猛地沉到胃里，双臂开始有了灼烧感，仿佛在她身体的重量下开始燃烧，热量蔓延，就像皮肤下面有正闪烁、发光的小灯泡一样。如果她从裤子里滑出去怎么办？如果皮带断了怎么办？如果我的大脑失去控制，我就这样放手了呢？

“你还好吧？”

“是的。”

“请快一点。”

她会因为我而死掉的。我把重心放在后面，集中注意力放缓呼吸的频率。我身体的每一个分子都能感觉到，如果玛丽从我的手里滑落会是怎样的后果。我会向后飞去，重重地摔在地板上，她会掉下去，我会听到肉和骨头像屠夫装废物的麻袋一样掉在砖路上发出令人作呕的声响；我无法想象玛丽的尖叫，我想她会安静地坠落下去；我仿佛能看到自己从地板上一下子跳起来，从窗户探出身子，看着下面玛丽摔得粉碎的身体。

我听到爱丽丝走到我身后，我转过身。

“这是怎么了？”她说。

“窗户。”我粗声粗气地说。我知道我的脸一定憋得通红。

“你想让我抓着你吗？”她开始向我靠过来，伸出手打算抓住我的腰带。但是我摇了摇头。

“这是我见过最让人无话可说的事情了，”爱丽丝说着，举起手，她看起来有点害怕，然后退到了后面，“我没法看下去了。”

“就快好了。”玛丽喊道，好像她正在做的只是给植物浇水，或者清扫架子上的灰尘。

“我不想把你摔下去。”我坚持不了多久了。

玛丽终于从窗户爬了进来。“艾米丽会杀了我的。”她说着坐到了台面上，笑着调整好裤腰。

我的双手在发抖，我弯曲、收缩了一下因为用力而僵硬的手指。

“我以前在高处作业的时候比现在勇敢多了，”玛丽说，“我在你这个年纪，会直接挂在外面干活，根本不用人拉着。”

爱丽丝回来了，她双手叉腰站在走廊里。“所以，我找到的木匠是个女特技替身演员吗？”和贝蒂娜不同，贝蒂娜会让自己魁梧的身材给人柔软一点的感觉，而爱丽丝会像生气的猫头鹰一样支棱起羽毛。她趾高气扬地挺起胸脯，直视的目光强调了她的存在感，和她一米五七的身高完全不符：“让我说清楚，我真的只是想要个新厨房，并不想看到有人从我的窗户掉下去。”

玛丽大笑了起来。

“你以为我在开玩笑。”

“这没什么。”玛丽说。

我冲爱丽丝摇了摇头，意思是说这并不是没什么，在这个问题上我和她是一队的。

“你很幸运能有一个这么强壮的‘安全带’。”爱丽丝说。

我开玩笑地挥舞了下抬起的胳膊。

“我宁愿你下次不要再这样做了。”我对玛丽说。

“好吧，好吧。不会再在窗户外面冒险了。”她从窗口往下看了一眼。“这个高度掉下去死不了。”

“你需要一对翅膀才能活下来。”爱丽丝说。

在我们熟知的希腊神话故事里，狄德勒斯是一个工匠，一个发明家，他用羽毛和腊做成翅膀的样子。他警告年轻的儿子伊卡洛斯：不要飞得太低，不然海浪会让翅膀变得沉重。不要飞得太高，不然太阳会让腊融化。两种错误都意味着坠落。中间的那条是最正确的道路，不热也不凉。父亲和儿子从悬崖飞身跃起，像海鸥一样飞翔。飞行的快感让伊卡洛斯越飞越高。就像他父亲警告过的那样，太阳的热量融化了腊，羽毛落了下来，伊卡洛斯也随之坠落，落入海中淹死了。

关于伊卡洛斯和狄德勒斯的飞行，还有一个我们并不太熟悉的前传，里面也有一个坠落的年轻人。狄德勒斯收了侄子佩尔狄克思做学徒，因为这个孩子是个天才。老布莱尼在《自然历史》中将木工的发明归功于狄德勒斯，但是，是佩尔狄克思发明了锯子。根据奥维德的记录，有一天两个人一起在沙滩上，佩尔狄克思看见了沙滩上鱼的脊椎呈锯齿状。他摸了摸鱼骨头，锋利的骨头刺痛了他的手指。自然世界给他提供了一个视角。那天回到工作坊之后，他用铁刀片仿制了脊椎的形状。他在刀片上开出牙齿形状的凹槽，让它比鱼骨头更锋利、更牢固，于是我们就有了锯子。对于木工来说，锯子是必不可少的工具。

狄德勒斯嫉妒这个孩子的天赋，不能忍受被这个孩子超越。出于嫉妒，狄德勒斯把侄子从高耸的卫城城墙上推了下来。佩尔狄克思没有让他一飞冲天的蜡质翅膀（也没有人抓着他的腰带），他摔了下来，但是他并没有摔死。女神雅典娜喜欢手艺人和聪明人，男孩儿坠落到半空中的时候她抓住了他，并把他变成了一只鹧鸪。

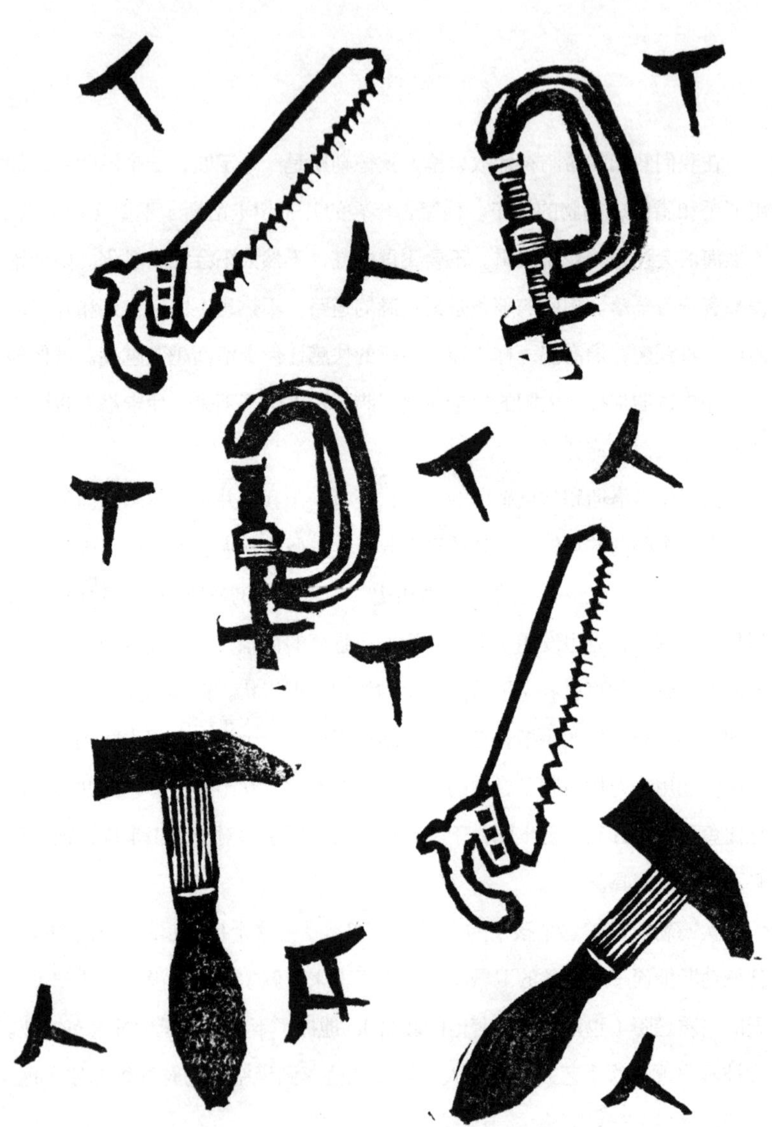

这种呈蹲姿的鸟类在低矮的荆棘中筑巢，飞行的时候离地面很近，如奥维德所言，这是因为："这种鸟类回忆起古老的坠落，所以它们避开高处，永远都在找更低的地方。"

橱柜的标准

我们花了两天的时候装好了爱丽丝新厨房的顶部橱柜。它们很漂亮，定制的枫树橱柜有着稻草的颜色，这是一种朴素的夏克尔风格，橱柜门和抽屉的光滑银色细杆把手有一种现代感。

我以为安装橱柜会很简单，不过就是把这东西用螺丝固定在墙上，排列整齐。这件事确实就是这么简单，但却没那么容易。玛丽对于橱柜安装的标准毫不妥协。装橱柜的那几天里，我们用到的工具有一对乔根森夹钳，水平尺，电钻和一些垫片。

垫片是易损毁的楔形细长棍状木条，有九英寸长，一点五英寸宽。我可以用手把它折断。但是，在需要和有弧度的墙壁或地面找齐的时候，垫片是至关重要的。

垫片一般由雪松制成，看起来有点像刚刚刷了几升颜料的木头块。把它们塞到橱柜下面、后面可以垫平或找齐。

玛丽要求每个橱柜都和水平面平齐，同时和相邻的橱柜也要处于同一高度。在这个过程中，我的工作是举着橱柜，调整位置。

“往上一点。”玛丽说。

我把橱柜往上挪了一点。

“再上来一点点。”

我的肩膀和手迅速向上抬了一点。

“再来一点。”

然后又是同样的话：“太多了，太多了，低一点。”

直到我们找到了正确的位置，玛丽才用乔根森夹钳把它固定住，用水平尺又检查了一遍，不过她一般都是用指尖检查的，指尖从两个橱柜之间的缝隙擦过，她就能感觉出来相交的地方是否有任何一点突起。我们的目标是，两个橱柜无论看起来还是摸上去都像是一个整体，而不是两个分开的东西。达成目标后，我们用螺栓把橱柜钻到后面的墙壁上和旁边的橱柜上。

我对这种耗费时间、一丝不苟的微小调整失去了耐心。“看起来很好了。根本就没有人会注意到这些。”

“我会注意到，”玛丽说，“有一天你也会注意到。真的没办法忍受，抱歉！”

我们正干到一半时，玛丽口袋里的电话响了起来。我很高兴能让胳膊休息一下。

“真的已经都四年了吗？”她冲电话里的人说。她朝我耸了耸肩膀，意思是说她不确定为什么这个人会给她打电话。不过她很快就弄明白了。

“什么样的健康问题？”她问道。

然后她的脸色变了，声音更低了，“噢，凯文，太糟糕了。”她笑了笑，回答了一些关于她女儿的问题。“她都十来岁了，你能相信吗？而且她的行为举止也开始像十几岁的小姑娘了。这是最可怕的地方。"她又笑了起来,"这是个办法,"她说,"这绝对是个办法。"

他们又来来回回交谈了几句，然后挂断了电话，一言不发走到后面的走廊里抽烟。我站在那里看着地上的瓷砖，水泥缝里有些锯木屑需要扫走。做成工作台面的大理石板看上去、摸起来都很凉，光滑的白色底面上有灰色和黑色的线条，闪闪发光。窗边的大理石台面上放着一个厨师机，阳光照射在金属底座上反着光。

"我觉得他是打电话来告别的。"玛丽回到厨房的时候对我说。她说这个人年纪大了，他们以前一起跟着老板在同一个木工队干了好几年，他现在住在匹兹堡，癌症已经扩散到全身了，肿瘤也扩散到全身了。

"情况不好。"她说。

他和她说，棺材要价四千美元。但是木匠之间互相都认识。

他告诉她："我有个哥们儿要用胶合板和 2×4 的木板给我做个棺材，最多花两百美元。"

谁的地盘

在爱丽斯家里我们度过了几周的时间，随着时间的推移，这里又开始变得像个厨房了。

我在以前耗时较短的工程中有一种感觉，这种感觉在这个项目中尤其明显：我们在一个地方施工的时候，这个地方就变成我们的了。当我们走进来，把工具架起来，开始动手处理业主需要我们做的工作的时候，我们好像就拥有这里了。

在《游泳者》这个故事里，约翰·契弗描写了这样一个人："当他走进围墙大门，来到里面的游泳池的时候，他的内心是从未有过的自信，这就好像是他自己的游泳池一样。一个情夫，特别是一个不合法的情夫，享受着对情人财产权威式的占有，这是神圣的婚姻所无法比拟的。"

把游泳池换成厨房，把神圣的婚姻换成房屋所有权，把不合法的情夫换成不怎么有经验的木匠，这就是我在施工的地方感受到的权利。我有一种从未有过的自信，这个厨房变成了我们的厨房，这个大厅变成了我们的大厅，这个露台变成了我们的露台。在某种意义上，房子的主人在这段时间和这个地方是割裂的。

在爱丽丝家，我们把电锯夹在后面的走廊上，梯子倚靠在餐厅的墙上，大厅的地板上为了防尘防污垢贴着报纸。当爱丽丝走进厨房做三明治，或是蒸饺子的时候，我心里就想：赶快离开这里，夫人，现在这里是我们的地盘。

在爱丽丝家工作刚刚超过一个月的时候，她开始收回空间的所有权。管道改造完成了，管道工人继续去干别的活了。我们用意大利生产的漂亮灰瓷砖铺好了地面，把电器设备摇摇晃晃地搬到了正确的位置，在炉子上面装上了巨大的排气口，这样爱丽丝就可以在屋里烤肉。玛丽已经确认上下所有的橱柜都在墙壁上、地面上呈现出完美的模样，食品储藏间建好了，里面的橱柜装着滑动门。

有一天早晨回到这里的时候，我们发现爱丽丝已经把罐子放到储藏间的架子上了。第二天，左面墙壁上的架子上放满了烹饪书籍；一个抽屉里放着镀银餐具，另一个里面放着抹刀，擦菜板，银制长烤肉叉子；炉子上放了一个茶壶；台面上放了一筐苹果。这个屋子又可以正常使用了，我们也快完工了。

挂谷仓门

最后几项工作之一，是在后走廊通往食品储藏间的位置，挂一个谷仓门。

“这种门太荒唐了。”玛丽警告我。吊门真的很让人头痛。这个工作需要做得十分精确，否则门就没法在折叶下摆动，也没法对齐门闩。门的侧壁会磨损，门会卡在门框里，开门的时候需要用力拉，关门的时候需要猛摔。

在露台上，我蹲在绿色大门的底下。玛丽在大门另一侧的食物储存间里面。我们看不到对方，只能听到对方的声音。我们要在门框里，把大门连接折叶一边的右上角抬高些。我试着把门板举起来往前推。玛丽在另一边已经准备好了薄垫片，一旦门板被推到门框里面合适的高度，她就把垫片插在下面固定住。我没办法移动门板。我的目标是把门板抬高三又十六分之一英寸。我用尽力气，默默地咒骂着，但是没有任何效果。

我因为用力满脸通红，我使劲推着门板，但它仍旧一丝不动。我想，我是不可能把它抬起来的。

我换了个姿势，吸气，再试一次。还是没动。

我失去了耐心。

绝望和沮丧之中，我选择使用蛮力。我使出了浑身的力气，调动起所有的肌肉，沮丧让我更加振奋，愤怒让我的士气更高涨。我一下子爆发出了力量。然后——门板就抬上去了！往前一倾！真是个奇迹！我做到了！

然后我就听到门那边传来一声惨叫。

我动作太快，用力太猛，结果把玛丽的大拇指给夹了。

我看到过她自己磕磕碰碰很多次。通常她会咒骂一句，然后大事化小。当她转述自己流血了这样的消息时，也同样很平静，好像她只是在说我们需要更多镀锌的钉子。有一天早晨，我问她以前干活的时候哭过没有。她看我的神情，让我宁愿自己没问过这个问题，“没有。”

她现在也没有哭，但是她在咒骂，狠狠地咒骂。“操！”她又说了一遍。然后安静下来，开始卷烟。

我和她道歉，然后用手捂住了脸。她看了看自己的指甲，甩了甩手，吹了吹指甲。

“你这次真是弄疼我了。”

我又道了歉。

“可能要掉了，”她说的是她的指甲，然后耸了耸肩说，“会长出来的。”

当她好些之后我们又回来和这扇门较劲，她从另一面对我说，“好了，好了，一点点，亲爱的。往上抬一点点，慢点。”

我把门抬起来，她往前一推，搞定了。门在折叶下面可以正常地移动，扫过门槛，关门的时候发出令人满意的一声“砰”。

知道在什么地方用力

两天之后，玛丽递给我一把锤子，她的指甲已经变成了纯黑色，好像有人往她指甲下面注射了黑色的墨水。

“我的天啊，玛丽。我真的非常抱歉。”

“还是挺疼的，”她说，“但我觉得指甲盖不会脱落。”

我花了很长时间才学到,这份工作中并非所有的问题都能通过蛮力解决,事实上只有一小部分需要用力。当我们没办法从窗框上撬下一块镶边的时候,或者没办法固定橱柜、让它处于水平的时候，或者有些东西被堵住了、卡住了，胶水、黏缝涂得太厚了，达不到要求了，或者就是怎么也不配合的时候,我的本能冲动就是诉诸肌肉而非脑力。我的耐心储备池很浅,很快就会枯竭。在受挫的时候，我总会神经紧张，头脑发热，身体以同样的方式做出反应，迅速但愚蠢。

这样一来我就会弄坏东西。我弄坏过钻头，镶边木条，玻璃。我在墙面和地板上留下凹痕和刺痕，还有一次我不幸滑倒，柔软的手掌上也留下了这样的痕迹，那里现在还有个伤疤。

“精细。”玛丽经常这么说。换句话说就是，要柔和，要慢，不要用蛮力又撕又拉。让材料告诉你它们想要的处理方式，用心去倾听，用物理学知识、工具和耐心完成工作。

“就是哄着，”玛丽说，“知道在什么地方用力。”

每项工程的最后几天，我们都要往外搬东西、装东西。从剩余工作清单上划掉项目，在离开这里之前彻底地清理干净，让房子的主人可以在这个崭新、发生改变的空间里堆积起自己的生活。我们会走过一个地方一次、两次、三次，确保瓷砖的缝隙里没有灰尘了，电灯开关周围的残余颜料已经修饰干净，楼梯上的小洞已经补好，刷上了和其他地方一样的黑色。

在爱丽丝家的最后一天，我们检查了一遍剩余工作清单，钉上了最后几块镶边，把巨大的箱式冰柜推进我们在食品储藏间做的墙壁凹陷处。然后扫地，除尘，吸地，拖地。搞定了，全都搞定了。

我一整天都忍不住夸赞每样东西有多么好看。我走来走去，敲敲橱柜的门，又摸了摸食品储藏间大门光滑的白色把手。我拉开抽屉（虽然玛丽告诫过我“不要偷看。”）觉得既兴奋又骄傲。玛丽也有这种感觉。她倒不会走来走去大声嚷嚷这里多么神奇，但是她在微笑。我们站在厨房的角落里，第一天我们就是站在这个位置，认真地打量着这个空空如也的房间。

玛丽拍了拍我的肩膀：“干得漂亮。”

我们在这个厨房里做了太多的工作，花费了那么多的时间，流下了那么多的汗水，付出了那么多的努力，但我们将再也无法见到它。它曾经是我们的——但不属于我们。

最后的一项工作是在食品储藏间通往后走廊的位置装一扇纱门。纱门像夏季连衣裙一样又轻又薄。我们给纱门装上弹簧，这样纱门撞到门框的时候，会发出安静的轻拍声。完美！

爱丽丝出现在我们的后面。“不，不！”她说，“我想要它砰的一下关上。这可以让我想到夏天。”

于是我们调整了弹簧，我和玛丽站在储藏间里，看着纱门画着弧线关上了，当纱门发出“夏天般的撞击声”时，我和玛丽都眨了眨眼睛。

第×六×章

水平尺

调整，调整，不断地调整

有那么一刻，水平仪的气泡下沉移动，显示出你已处在正确的位置，你意识到自己是谁，意识到自己成为什么样的人，以及你正变成什么样的人。

木|匠|格|言

31. 用心去倾听，用物理学知识、工具和耐心完成工作。

32. 不再害怕进度缓慢，明年总会如期而至。

33. 不断尝试，把事情做得更好，把事情做对。

34. 第一个孔就是第一次犯错误的机会。

35. 就算你的灵魂在某一刻是平衡的，也没办法保证下一刻依旧平衡。

36. 写作和木工都需要耐性和练习，两者都要围绕把某些事情弄对、弄好去反复思考。

在玛丽家工作

爱丽丝家厨房的工作结束后，我们在一个老式维多利亚建筑的三层塔楼工作了五周的时间。

我们把塔楼的墙壁推倒，铺上了山核桃木的地板。切割山核桃木这样的硬木时,可是和斜切锯的刀片打了场硬仗。山核桃木切开时发出的腐臭气味，和山核桃用做烧烤燃料时散发的那种香甜气味不同，更像是胆汁一样刺激的酸味,有可能是木头的化学涂层散发出的气味（每个装地板的箱子上都写着:含有加利福尼亚州认定的致癌化学物质）。

接下来，我们在剑桥的哈佛广场外面给一对夫妻装修了厨房，这对夫妻成了我最喜欢的雇主。

他们在厨房台面上留下了柠檬饼干,旁边放着写有“请用”字样的便签，他们送给我们好几罐了果酱,都是用佛蒙特的家里采集的树莓和黑莓做成的，我们吃午餐的时候他们会一起加入。女主人送给我的移植青琐龙现在就种在客厅的窗户边。我喜欢的并不只是他们的慷慨：我更喜欢这对夫妻之间的爱意。他们年近六十，对彼此的恼怒很有意思，很有耐心，这是一种明显、充满爱意的亲昵。

“我简直想被你们收养。”玛丽告诉他们。

再然后，我们在阿林顿快速地搭建了一个露台，阿林顿是紧邻剑桥的一个历史街区，就在保罗·列威尔夜奔的那条路上。这一次我们花了四天的时间。

不知道从什么时候开始，我成了这个二人团队里负责沟通的那个。除了谈到去阿拉斯加逃离人类以外，玛丽还会滔滔不绝地说起木工活，但是她有的时候会忘记，并不是所有人都能理解她说的话。当她粗略地勾画出一些工作内容的时候，客户会似懂非懂、慢慢地点点头作为回应，这个时候我就用我的理解来进行翻译。

玛丽的话：“我们会排立柱、补墙。泥浆过一夜会干，明天我们做橱柜框架。”

我翻译：“我们要在这个旁边再接一块 2×4 的木板，给它更多支撑，然后把墙上的洞修补好。泥浆就是纸面石膏板混合物，大约一天之后会干。然后明天我们会做书架的盒子，也就是外面的这层壳。”我用手比画出一个长方形。

玛丽有的时候会感谢我。

但我很肯定，曾经在给业主解释一个事情时冒犯到了他。

“我知道托梁是什么。”业主说。

几周的时间转瞬即逝，几个月的时间也很快过去了，我的肌肉又回来了。我对着镜子伸展着手臂，很高兴又看到了胳膊上清晰的线条。我和玛丽也又找到了我们的工作节奏。

我们的整个夏天都在厨房和塔楼三层度过，在前门走廊和雪松做成的衣橱里度过，秋天很快就来了。

玛丽问我是否愿意给她家里的一个项目帮忙。她家是正在施工的现场，永远都处于未完成的状态。狭窄、扭曲的后楼梯两侧墙纸已经褪色、破损，墙面石膏上的破洞像是精心设计的疤痕，脚底下的石膏碎屑咯吱作响。卫生间门上的镶边被揭掉了，浴缸里胡乱堆着旧颜料刷和猫砂，地板是破旧的橡木地板，卫生间的墙壁上伸出来几个带刺的板条。几年前，客厅里的烟囱已经被那个非同寻常的拆卸工人和他的两个儿子拆掉了，地面的窟窿上盖了一块不合适的胶合板。天花板上还贴着蓝色的油漆工粘胶带，那是拆烟囱的时候我们用来粘贴塑料薄膜的，以免砖头和烟灰掉落到厨房里。

房子里到处都是未完成的工程，这和玛丽在施工现场的一丝不苟形成鲜明对比。她自己的房子总是有干不完的活儿，因为总有人付钱请她去干活，家里就被耽误了。然而时光如梭，最开始的几周时间里，厨房只有一面墙有镶边，之后又过了几个月，然后是一年，该镶边的地方还是空白一片，它已经消失在日渐熟悉的环境之中。或者，也许每次玛丽进来的时候，每喝一口汤的时候，每洗一个盘子的时候，她都会瞥一眼本应该镶边的地方，那也是一种提醒。

玛丽决定改造三楼的一个房间，这里有尖尖的天花板、陈旧的暗色木头地板和一面小天窗。她想把这间屋子变成她的办公室。这里光线昏暗，落满灰尘，空间局促，地板上堆着很多碎木头屑，一个大垃圾桶，还有几卷隔热材料。我们两个在商量怎么改造这个小空间的时候撞到了一起——这里摆上

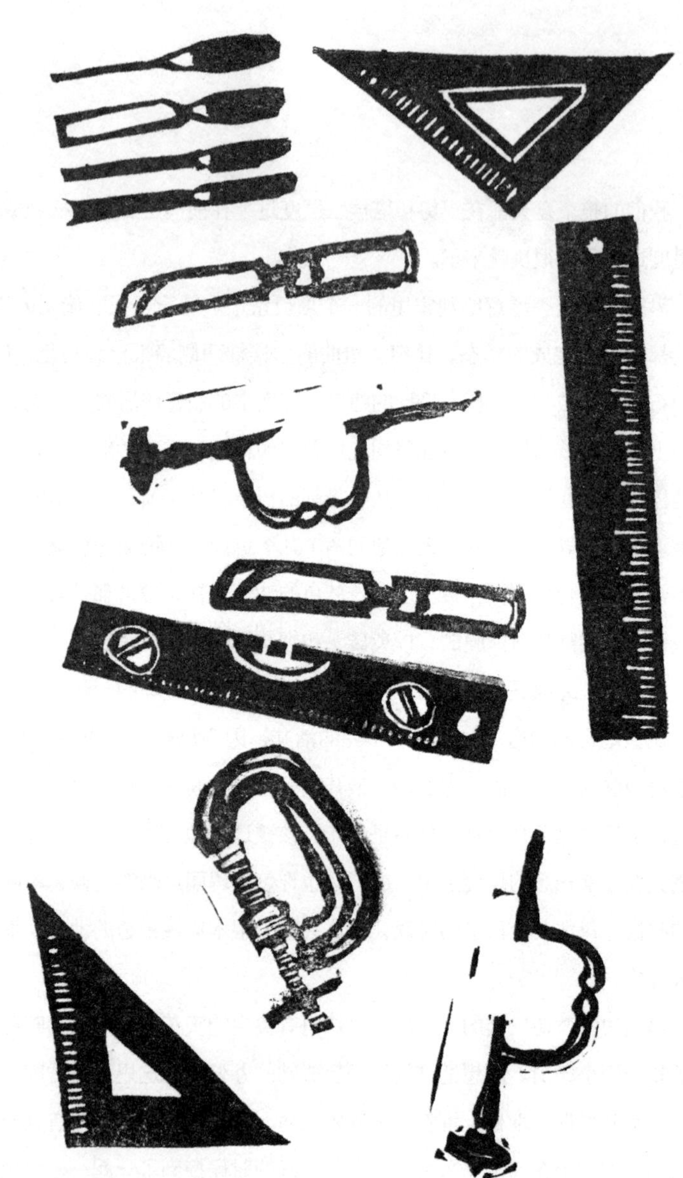

电锯和工具桶之后变得更小了。

这个房子建于 1886 年，天花板随着屋顶陡然增高的走势倾斜着，木板又宽，颜色又深。我们搭了一个约三英尺高的支撑墙用来支撑椽子，支撑墙因为和膝盖的高度差不多，因此英文里也叫膝盖墙。我们在屋顶走线，把粉红色的隔热材料铲到托梁之间的凹处。

“别放那儿，”当我正要把另一条隔热材料堆到昏暗的凹处时，玛丽对我说，“我们要做一个天窗。”

我们用往复锯把横穿椽子的木头切断，把旧钉子拔出来，那是块破裂、陈旧的 1×3 木板。我们做了一个大致的框架，砍了一些 2×10 的木板，然后把它们锯成宽椽子的宽度。玛丽割开木板和房顶做了个天窗。一开始是一小片，然后天空就露了出来，阳光洒落在地板上，好像那里被铲走了一块儿，冷空气如水般倾泻而下。玛丽爬了出去，爬上屋顶薄薄的边缘，然后继续往上爬，她从外面切割出更大的开口范围，屋顶上瓦片的碎屑滚落到排水沟里。更多的光线照射在地板上，屋子发生了改变。上次在俄罗斯人家里施工的感觉又回来了，就是飘窗木头被害虫享用一空的那家：要是我们不能按时补上窟窿怎么办？那时候白天已经变短了，要是下雨了怎么办？

但是这些问题我都没有问出声。我们以前做过这样的事情，一点一点完成。我们还要继续这样做。

玛丽继续拆除房顶上的瓦片，她用撬棒把它们撬起来，而不是把它们弄碎，然后拔起宽头瓦楞钉。我把窗户举起来，从窟窿里递给跪在屋顶的玛丽。我们把窗户放好，确认它处于居中的位置，在窟窿里来回、上下移动，玛丽钉了几个钉子固定住窗户的位置。那是寒冷的十一月里的一天，阳光明媚，万里无云，玛丽对着手哈着气，拍着手，给手套里的双手取暖。她安装好防水板，然后开始了重新安装屋顶薄板的缓慢进程。

“我永远都不想成为盖顶工。”她大喊着。

玛丽在寒冷的屋顶上工作时，我在天窗和屋里另一扇窗户之间的拱形空间处钉上了板条。她在屋顶上往下锤，我向上往天花板里面锤。我们咚咚地敲打着，向下，向上，把屋子拼装在一起，让屋子发生了改变，但也保持了它的完整性。

她从窗户爬回来，冻得面色苍白。

“外面都弄完了？”

“都弄完了。”

玛丽刚开始工作的时候，太阳照射在她的后背上，现在照射进房间里的阳光移动到了天空另一边，太阳已经落山了。天空的颜色变成柔和的紫色，几片缠绕在一起、薄薄的云彩像是地平线高处紧挨着的一排香烟。

“天窗往里多安了半英寸。”玛丽说。我没说话，我不知道这是否意味着我们要把天窗取下来，再装一遍。她解释说，肯定是她在钉钉子的时候，天窗滑进来了一点。

“我应该把水平尺扔上去的。”她说。

“你想去看看我们能不能从下面看出来吗？会漏雨吗？”我问。

“天啊，不要！”玛丽说，“我当然希望不要。我就是担心天窗看起来是歪的。”

我们去二层门廊的路上，她在燃木炉旁边停了下来暖手。我们抬头看着屋顶，看着新窗户。没有任何迹象表明天窗靠下了半英寸，真是松了一口气。它看起来就是水平的。

我们回到楼上，肩并肩站在新窗户前面，肩并肩往外看。我们看到附近房子的后走廊和有遮沿的窗户。华灯初上，柔和的金橘色光芒在暗沉的天色下格外诱人。三点五英里以外的波士顿天际线那里，高低起伏的建筑物呈现出模糊的紫色，这中间隔着我们无法看到的延伸的查尔斯河，还有横跨在河上的桥梁。我们看到刚刚出现的晚霞，一团一团的很松软，稳稳地、高高地挂在天上。

红色的树叶挂在窗外高大的枫树上，但在不久的将来叶子将会掉落，将会不久于这个世界，将会离开枫树的枝干飞向天空。我一直都很喜欢十一月。

我再次被我们的工作震撼了，说出了一贯的感叹词——太神奇了，看啊，真是难以置信。这个房间仍然处于半完工的状态，仍然还暴露出乱糟糟的内部结构、电线和木板，到处都是裸露的东西，都是灰尘，空气中仍然飘着隔热材料上面的小刺。但是一切都会做好的。这要花费几周或者几个月的时间。一切都会慢慢地完成。现在屋子已经和以前不同了。原来昏暗、局促之处变成了明亮、诱人的空间，当太阳在天空中勾勒出弧形的时候，当岁末叶子再次飘落的时候，当树木又增添了一圈年轮的时候，这里会是个坐下来思考问题的好地方。

玛丽点点头，“这改变了一切。”

枫树的叶子落了下来，气温降低了，我们进入了冬天。这是一年中进度比较缓慢的一段时间，在装完天窗之后，玛丽计划暂停三楼办公室空间的改造，转而修整楼下的卫生间，就是那个浴缸里堆满了颜料刷、墙壁支离破碎的卫生间。

在放年假之前，我到玛丽家进行了短暂的拜访，取走了她欠我的最后一张支票。她带我去卫生间，向我介绍了这里的改造计划。

“需要帮助的话给我打电话。”我说。

“我们要看看能不能请得起你。一想到请管道工要花那么多钱，我吓得都不敢用家里的卫生间了。”

我们拥抱告别，互道圣诞快乐。

我们都知道，再搭档干活可能是几个月以后的事情了。我不再害怕进度缓慢，因为明年总会如期而至。

木工

我父亲和他的女朋友一起买了一幢林间的房子。房子坐落在马萨诸塞东南部一条汹涌的河流边。我父亲终于把存放在仓库储藏间里六年之久的私人物品搬了出来。拜访父亲新家的时候，我看到很多我们成长过程中熟悉的物件。很多堆在地下室里的箱子都是打开的，大部分箱子上的标签写着“书籍”。

刚开始去那里的时候，有一次我和弟弟们、父亲以及我们各自的伴侣都坐在炉火边。窗子外面的野鸟喂食器忙个不停。有肥胖的哀鸠，有颜色鲜亮、飞得很快的主红雀，现在它们羽毛的颜色和夏天最鲜艳的时候比要暗淡一些，还有一只五子雀，一些山雀，还有一只啄木鸟。它们焦急地拍着翅膀，抢着进食，有的鸟儿啄着木杆上面的喂食器，有的在地面捡种子吃，还有的在吃小笼子里面、树枝上挂着的雪白的牛脂肪。我父亲能认出每一只鸟。当一只鸟儿俯冲下来，停在附近的树枝上审时度势的时候，他能预测出这只小鸟会选择哪个喂食器——木杆，地上，还是牛脂肪。他每次都能猜对。他还能感觉到附近有老鹰出没，那时候鸟儿会静止不动，然后四散飞去。

观鸟之后，我们的注意力又回到室内，回到炉火边。夜幕降临，能看到

喂食器的那面窗户上反射着灯光、石头壁炉和我们的面庞。屋里充满了欢声笑语。最后大家分头回房睡去。父亲站在那里看着我，然后像壁炉的两旁伸出双手。

“书架。”他对着墙上一大片空白的区域说。我立马就想象出来这个画面。

“好主意。”我说。

“我想让你帮我打书架。”

我皱了皱眉头。炉火边的一晚欢笑让我身心放松，如今全变成了暴风雨般的怀疑。让我做书柜？我自己？坦白地说，我不确定自己行不行，和玛丽工作了这么多年之后，我依然怀疑自己的能力。我不想承认这让我感到了害怕，所以就撒了谎，说：“我不知道是不是有时间。”

那天晚上上床睡觉的时候，我想到了书架的事情。我在脑海中过了一遍每个步骤，那些我从玛丽身上学到的东西，那些我们做过很多次的事情。我在脑子里把盒子拼装在一起，从盒子底开始，然后是框架，隔板，镶边。我想，我会让它和窗户的边缘处于同一高度，这样屋里的线条能够保持一致。墙上有一个电源插座，这意味着要在书柜后面凿一个洞出来。这些都是我以前做过的事情，至少是看玛丽做过的事情。

“有时间做书架的话随时告诉我，”离开的时候父亲对我说，“我要开始把书拆箱了。”

回到剑桥以后，我一直在想书架的事情。我猜地板很可能不够平整，提醒自己怎样找平。我在脑海中把它们做得更具体，更可行。但是当我父亲打电话给我，问是否可以开始动工的时候，我又犹豫了。这项工程在我的思维中已经成型了，但是当我手中握着工具的时候，是否能够把我知道的事情用在木头上？没有玛丽掌舵，我会不会突然发现自己什么都没学到？这种糟糕的想法让我想要捏紧拳头，感到不适，它让我面对一个事实，那就是我的生活一直就是个谎言。我可以穿得像个木匠，但这能表示我可以胜任这份工作吗？

我很熟悉这种感觉。我在报社工作时，第一次发新闻也让我十分苦恼。我该怎么做呢？要是没办法按时完成该怎么办？要是我不知道怎么表达我想说的话呢？这种对于失败的恐惧总是有明确的来源，而且影响巨大。

关于木工的问题和关于新闻的问题遥相呼应。我该怎么做呢？要是行不通怎么办？要是我没办法搞清如何让书柜立起来呢？怀疑挤满了我的思绪，推迟了开始，因为开始就意味着可能会失败。

文豪加西亚 · 马尔克斯说："最终，文学不过是木工……这两者都是艰难的工作……都是在和现实打交道，现实这种材料和木头一样坚硬。"

是的，写作和木工都需要耐性和练习，两者都要围绕把某些事情弄对、弄好去反复思考。两者都包含一次又一次地犯错误，但又能够忍受不断犯错误，直到做对为止。对于两者而言，理解某件事情最好的方式往往是把它拆分开进行剖析。对于两者而言，小块的个体组合在一起，连接在一起，变成更大、更完整的整体。对于两者而言，我们一开始都是两手空空，最后都有所获得。

但是木工最吸引我的地方是它和文字有天壤之别。做书架的时候大脑被激活的区域和组织句子时用到的区域是不同的。不用担心所用的单词是否正确，不用一遍遍地去想这是不是最好的表达方式，这难道不是一种莫大的解脱？所有木工的问题最终是相同的——这样是否行得通？

这样做是否能够具有它应该有的功能，合理实用且结实？但是问题的答案来自我大脑里不同的房间，能够离开文字的房间，进入到一个和空间、数字、工具以及材料打交道的领域是一件好事情。大部分木工需要的资质对我而言并不是自然存在的，包括角度、数字和基本逻辑。但是在做木工的时候，你有卷尺，有锯子，有铅笔，有一块木头。这些是具体的，可以理解的，是世界上真实存在的东西，每一样东西的存在都有其特定的目的。

马尔克斯在之后的几句话里承认，他本人从来没有做过木工。如果做过的话，他就会知道木头和文字还是不同的。一面墙是真实的，一块遮住墙壁和地板间缝隙的踢脚板也是真实的。木工带给人的完成感是写作所不具备的。幽灵般的文字是变化多端的。而一次测量，一次剪切，我肺里的锯木屑，还有在锤子的敲击下紧紧卡住的一块木头则是抽象的反面。

玛丽教我的事情大部分都和文字无关，木工只需要展示给别人这是什么，而不是告诉别人这是什么。你很难解释怎么去安装顶冠饰条，最好的学习方式是看别人怎么做，然后自己去做，一遍又一遍地做。她通过语言教导我的时候，也全都是在自己干活的时候，在她移动、使用工具解决每个问题的时候——肉一上来少炒一会儿；精细；慢点；要比工具更聪明。你可以读很多很多书去学习怎样垒墙，怎样铺地板，你可以听人讲几个小时做办公桌或书架最好的一些方法。他们可以使用所有正确的文字，编织最紧致的网，但是直到你手里抓住锤头，直到你感觉到在固定两块木头之前它们紧紧挤压在一起，直到你远远站着看着你做的东西，然后走上去踢它一脚，把东西放在它上面的时候，你才会知道怎么做这件事情。世界上所有的语言都不能让书架存在。这需要观察，操作，搞砸，重来，再重来，直到做好为止。

我花了几个小时的时间用素描画出父亲想要的书架，这儿添一点，那儿去一点。我打电话给玛丽，看看她能否借给我几个工具。

“你要自己开工了？”我能听到她声音里的笑意，“真是了不起。”

“我还没答应呢。”

“答应呀！你知道该怎么做。要记住你花的时间要比想象中长。”

“我估计要四天？”

“我猜更可能是八天。”

“讨厌。”

“还记得你连电钻都不会用的时候吗？”

那天晚上我梦到了书架。我站在沙子中间的梯子上，在沙滩上做书架。书架面朝大海，海水正在上涨，海浪冲刷着下面的隔板，浸湿了已经放在上面的书籍，书页鼓起来，海浪把一些书卷入大海中。我把书架建得越来越高，这样它就能高过最大的海浪。当我回过头的时候，我看到海鸥向着被海水卷走、漂浮在海面上的书籍俯冲轰炸。我的梯子还在往沙子里面陷。

这太可怕了！

独立开工

早晨我打电话给父亲，告诉他可以开工了。

那天是第一场真正意义上的寒流降临的第三天，干燥、贴紧身体的寒冷让一切都显得十分脆弱，无论是骨头还是树枝。我在高速上开车南下，车上装着木头，路面因为寒冷而变得更白了，天空也是苍白色的。

下午稍晚的时候到了父亲的房子，我开进满是泥土的车道，车道两旁长满了细长的树木，又高又细的树干上全是淡绿色毛茸茸的青苔。这幢屋子有燃木炉和羊毛毯子，还有一个高耸的尖屋顶，给人一种小木屋的感觉。空气有一种木头和枯树叶覆盖物所具有的新鲜味道，那是大海的私语。

我从城市中来，一下子就注意到了这种宁静。鸟儿的吱吱声，树枝和干枯树叶的沙沙声。这里没有城市的哼鸣，没有车辆低沉的隆隆声和嗡嗡声，没有人群的移动，没有街灯，没有邻居家电视的静电。这里的夜晚，黑暗和宁静像被子一样包裹住房子。

我卸下木头，把它们放在后面走廊的窄边上，走廊对面是三英尺高的野草，一面被苔藓覆盖的树墙，还有更远处的河流。我看着这堆木板和几捆镶边，看上去这些几乎不可能变成真实有用的东西。日光渐暗，我凝视着这些木头，想象着如何切割每块木板和镶边，如何加以固定。每次呼吸时我的脸庞周围都会出现大片雾气。

借着所剩无几的日光，我在盒子上钻了几个洞，从这些洞里插进销钉就可以固定住隔板。我拿着电钻，又盯着木板看了一会儿。我深吸了一口气，第一个孔就是第一次犯错误的机会。观察是为了让它在我的脑海中保持完美的状态。拿着工具对准木头就是给自己犯错误的可能。

我对自己说，你知道怎么做的。我先确认好电钻的位置，按下扳机，钻头钻进了木头里。这种噪音在安静的沼泽中就像是一种暴力。我一个接一个地钻着孔。鸭子在河水里发出声响。我在两块木板上打完孔，完成了一半的进度，这时外面开始下起雪。木板沐浴在走廊的灯光里。如果屏住呼吸，我能听到厚木板后面雪落的声音，是像纸一样的飒飒声。

我打完销钉孔的时候，双手冻得发疼。我把木板堆起来，把锯木架放在一旁，把电锯放回箱子里。

我在屋里瑟瑟发抖。书架做好以前我都要待在这里。除了一遍遍在脑海中描绘书架的样子以外，我的思绪不停地回到父亲不可避免的批评上。这个完美主义者总是能够很快发现错误。我想象着他穿着卡其色的裤子、皮鞋和分层衬衫，围着书架看个不停，嘴里发出啧啧之声。你就是这么做书架的？我觉得有必要提醒他，是他请我来干活的。

我在客厅里来回踱步，驱走严寒，父亲走了进来，他让我坐下。他的语调庄重，这让我筑起了阻挡接受坏消息的墙壁，这堵墙可以保护你，不让你听到不想听到的事情。我坐了下来，看着自己的膝盖，假装正专心搓热手指。

“你是老板，”他说，“如果我开始犯浑的话，你有权踢我的腿。”

我笑了起来。这可不是我以为自己会听到的话。

他说他很高兴我能够亲手为他做这些东西，这样一来，这幢新房子的新阶段里就会留下我的痕迹。我该如何解释这个真诚的时刻带给我的不适呢？这并不是我们家庭中的沟通方式。我们会开着玩笑，谈论着书籍，我们的感情无须表达就能够互相理解。当他说话的时候，我尝试着给他一种心灵感应：求你了，别说了，现在已经说得够多的了。我扫了他一眼。哦不，他眼睛里的是泪水吗？我感到很羞涩，想从这里逃跑。所以我自嘲了一句，耸了耸肩岔开话题。“我们等着看结果如何吧。”我躲在自我保护的墙壁后面说着。

但是从那时候起，我也感觉到了这些架子的意义，感觉到了通过给他的书本一个家，我也为这个新家、新阶段做出了贡献。他喜欢引用安东尼·鲍威尔的书名：“书就是房里的家具。”

那天晚餐我们喝了他用香肠、红辣椒和白豆做的浓汤。我们在厨房的中岛处并排坐着吃了晚餐。在寒风中待了很久之后，浓汤正是我想要的食物。父亲在盛汤之前用热水加热了碗。

他看到我翻看落在工作台上的一堆种子目录，我从童年起就记得这目录，我看着三色堇、甜瓜、西葫芦和各种植物五颜六色的图片，不过夏天我家后院的植物更加好看。“我们要在房子南面收拾一些树木，建个花园。”他说。

当我们吃饭的时候，父亲说起想再弄一个工作室的事。他已经把工具拆箱了。地下室的工作台上散落着几个夹钳和子弹头水平仪、颜料刷、雕刻了一半苍白未上色的水鸟、几块浮木、锉刀、凿子和粗锉刀，还有那些我依旧叫不上名字的木质手柄工具，这些工具终于从箱子里被释放出来，终于又要派上用场。我打赌，当他重新拿起工具，重新感受鸟儿们木质的身体，感受着自己的潜力，重新雕刻的时候，那感觉一定很棒。

“待在这别动。”我们喝完汤的时候他对我说。他走到地下室里，我听到下面传来翻东西的声音。“我找到了一个很神奇的东西。”他边爬楼梯边说。

他回到厨房里，胳膊底下夹着一个硬纸管，那是一卷发皱了的精致描图纸，那纸已经变干，颜色像褪色的茶渍。他展开描图纸，上面是用铅笔画的一只蓝色大苍鹭，它有着 S 型的脖颈和细长的双腿，这幅漂亮的素描将近四英尺高，和真苍鹭大小相仿。

我以为他早就忘记了曾经答应我要给我做一只木头苍鹭。“挺不错的，是不是？”我父亲说。

我告诉他，这相当不错。

“现在我只需要把素描变成木头，把它想象成立体的样子。”父亲说。

水平仪

第二天，气温依旧没有升高。早晨的时候，我做了箱子和书架的外壳，固定住后面。我切了隔板，每个书架六块，我又切了隔板和书架的镶边木条。反复多次的测量、标记和切割。我把镶边贴到书架上，把这些 1×2 的白杨木木条紧紧粘在每层隔板的上面，遮盖住胶合板粗糙的边缘。

父亲开始了他的一天，他喝了几大杯茶水，然后在电脑上为一家波士顿的非营利机构做了份市场战略书。然后他观察着喂食器那边的鸟儿。“来了一只啄木鸟，”他在另一间屋子喊道，“又来了一只毛茸茸的。”我靠着窗户向外张望，看到了鸟儿红色的脑袋和黑白斑点的翅膀。它愉快地用嘴巴敲打着木头，那咚咚的声音传遍整个树林。

我继续打磨，涂底层漆，上颜料，这些我好像做了好几天。在这个工程的最后几个环节里，我男朋友约拿过来帮忙，他的帮助和陪伴打破了工作的沉闷，加速了打磨、涂底层漆和上颜料的进程。最后安装的时候我很紧张，因为这是会暴露错误的环节。我给玛丽发了几条充满恐惧的短信。如果……了，怎么办？我们是这么做，还是……？然后她就用简练的话语直截了当地给我答案。

地板有些坑坑洼洼，像是微微起伏的海浪。垫片和水平仪可以确保放置书架的地面是水平的，也就是说，把坑洼处填高或降低，直到水平仪上的气泡滑到两条线中间。

水平仪里的管子里几乎装满了黄色或绿色的化学液体，气泡在里面来回移动，这就是人们所说的气泡水平仪。它因为管子里的酒精而得名。木匠工作的一项终极考核就是用水平仪找准，是让气泡停在正中间的位置。完美，好的；夹紧，拧好，再试一次；还是水平的吗？是的，完工。把水平仪放在门框的上下边缘，如果一切无误，那么气泡就会处在中心的位置。

有的时候，我希望能有一种可以测量我们灵魂垂直程度的工具，这种工具可以帮助我们决定，对于我们的生活而言什么是正确的。想想看，有一个仪器能够用气泡无声的滑动告诉我们，应该让灵魂往左来一点，就一点点，然后一切就能找到平衡，变得正确。当然，生活中不可能是这样的。就算你的灵魂在某一刻是平衡的，也没办法保证下一刻依旧平衡。

玛丽有一个六英尺长的水平仪，但我们通常用的是两英尺的水平仪和子弹水平仪，子弹水平仪是个六英寸长的小东西。水平仪里面有三个管子，中间和两端各一个。中间的管子测量水平方向上的平衡，比如地板和隔板。两端的管子测量竖直方向是否垂直，比如门框和墙壁。每段管子两侧都有两条细线做标记，气泡的长短正好就是两条细线之间的距离。

这是一种无声的工具。看到气泡停留在两条线之间是一种释然，一种满足。这种工具也会让人短暂地失去理智。比如在地面上调整橱柜的位置，要是在橱柜前面一角的底下垫上薄垫片的话，前面两个角所在的平面就可以保持水平，但是前后就失去平衡了。再放一点垫片调整，橱柜下面和地板之间就有了空隙。这种感觉就像是，你离一篇文章非常近，以至于突然之间你看不到它了，情节自己跑走了，整个东西都消失了，它就在那里但是你就是看不到它。有时使用水平仪也会发生同样的事情。气泡的位置变了，停住了，但是它无法告诉你你预想的东西。放一块垫片进去再取出来，再放一块，所有东西都不在该在的位置上，每一个动作都让你离期待的地方更远一些。我需要走远一些，开始做一项别的工作，清空大脑，然后再回来测量水平面，把所有的小垫片都拿掉，重新开始，从头再进行尝试。

基面找齐之后，就该把书架贴着墙壁立起来，看看是否能够对齐了。我害怕这个时刻。我害怕我的计算错误会暴露在大家面前。第一个放在壁炉的右面，大小刚刚好，这是比较简单的一个，因为它无须和窗户的边缘平齐。对于电灯开关和书架边缘的距离我非常满意，它和壁炉的石头之间的相对位置我也非常满意。我把另一个也推了进去。我用斜切锯切出来的电源插座孔正好处于插座的正中心位置。书架的左侧紧贴在我之前为了放下书柜而拆掉的窗户镶边处。“哦，这个接缝实在是完美！”我惊叹道。在做完所有的工作之前，在放进去最后一块木板之前，在你打扫完准备离开的时候，总有这样的一个时刻，你真的可以看到它，这是感觉最棒的时刻。

父亲在工作间隙休息了一会儿，他走进客厅的时候我正插着腰站在那里端详着书架。他露出了又大又真诚的笑容。“嘿，不错嘛。”他说，和我击了个掌。

他也看到了。

那天下午稍晚一点的时候，我收拾好工具，把白天用的颜料罐装了起来。我满身释然，书架大小正合适，做得又快又好。

这时候我父亲走进屋里，脸上写满了坏消息。他刚收到我弟弟的电子邮件，里面说弟弟女朋友的父亲快要不行了，可能很快就要走了。弟弟和他女朋友在一起的这些年里，这个女孩儿也成了我们的好朋友。她爽朗的笑声让所到之处都更加欢乐。我没见过她的父亲，但我知道他的工作和他女儿以前的工作都是记者。父亲告诉了我这个消息，我们都陷入沉默。在这个时候，沉默就像是装有我们感觉的容器。当然这里面有悲伤，有事实和愿望之间的冲突，有得知朋友面临亲人离世时的痛苦，但是也有对我拥有的好运气的感谢，因为我知道这一刻我和父亲，我们都在这里。

他走回自己的办公室，我也收拾好工具，我穿上一件外套准备出门散步。路过的时候，他背对着我，坐在桌边看着窗外的鸟儿。有些时候，剥去所有毫无意义的废话之后，累积的愤怒、伤害和困惑会让你突然看到不同的真相。而我看到的是，他和我们一样，尽最大的努力，兴奋不已地想要分享对鸟类、对鱼类和对书籍的热情，他在喂食器里储存向日葵种子，像我们一样跌跌撞撞地振作自己。那一刻强烈的感情让我不能自已。

“再见，爸爸。”我开门出去散步的时候朝屋里喊了一声，我的声音几乎有点沙哑了。

终于，最后一块镶边贴好了，钉子孔填补好了，有几个地方的颜料也修饰好了，书架做完了。我抓起一把扫帚开始扫地，又把滴落在地板上的一点颜料擦干净，我把工具收起来。地毯铺展开了，大椅子又摆放在壁炉旁边。落地灯又回到了它在窗边的家，侧门外面的桶里放着些垃圾和碎木头。我拿了瓶啤酒，面朝书柜坐在窗边的椅子上。

干了一天的活儿，加上啤酒喝得快了些，我有点头晕，又想到了刚刚发生的变形。从土壤和种子到树皮上布满木节的参天大树，从锯木厂到木板，从一块块木板放在一起被打磨平整，到这个真实存在的物体。开始是一个东西，之后变成别的东西。我点了点头，对这些奉献出生命的树木表示感谢，就像我父亲在抓到鱼后会说一些和上帝无关的祷告——他并不是感谢自己抓到了鱼，而是感谢鱼奉献了自己的生命。

我对于树木的谢意油然而生。“谢谢你，树木。”我大声说了出来。一个东西最后变成了另一个东西。

父亲和他女朋友在厨房里面。我喊他们进到屋里，约拿也加入我们。我们四个人坐在窗边的座位上，虽然有些太局促了，但我们仍挤在一起，祝酒、庆祝、欢呼。我父亲喜欢书柜最上面的镶边投射下来的影子，他女朋友则注意到其中一个书架的上边缘和厚实的木质壁炉架的上边缘正好平齐（一个幸运的巧合，玛丽说这完全是运气），而我喜欢书柜和窗户镶边之间的缝隙。觥筹交错之间，我们望着书架，书架似乎也在注视着我们。

“敬书籍、书架，敬创造力、勤奋的工作和我们的家庭！”父亲带头举起了酒杯。

正确的事情

第二天早晨，我们装好车，和鸟儿们告别。我收到弟弟山姆的一条消息。“听说你刚帮爸爸做完书架。想不想帮我做个大桌子？算是生日礼物。”我告诉他我很乐意帮忙。

走出大门的时候，我注意到水平仪落在了大椅子底下。我把它放在隔板上，看着气泡来回移动后停了下来。它并没有停在正中间的位置，但是已经够好了，书本不会从架子上掉下来。我们挥挥手，按响汽车喇叭，上路回家。车子渐行渐远，我满心喜悦，因为我知道我还会回来，会看到书架上摆满书籍，我会坐在我亲手制造的壁炉两侧的书架对面。

我没有忘记拍张书架的照片发给玛丽。回到剑桥以后我给玛丽打了电话，准备把借来的工具还回去。

“后门没锁，”她说，“直接进来吧。”

我开到萨默维尔，打开她后院的大门。她在垃圾堆上面盖了一层可以防雪的油布。这堆垃圾的体积又变大了，我不禁惊叹，我们这么快就制造了这么多垃圾，这得有多少东西被拆掉，又重新组装起来。我注意到这里多了些以前没有的参差不齐的浴缸碎片，大大小小的碎片，有一块爪形足还很完整的碎片正好压在油布上面固定住它的位置。

我爬上后面的楼梯，走进厨房里。

“外面是你的浴缸吗？”我问她。

“进来看看。”

我跟着玛丽走进卫生间。“我用大锤子砸了得有五十来下才终于砸出一条缝。这东西真是个野兽。”

“玛丽，这看起来太厉害了。”我指的是她的改造。这里虽然看起来像是内脏，但是这就是一切被建造出来之前的时刻。她撬开了老橡木地板，把墙推倒了，把水槽、浴缸和马桶都扔掉了。屋里飘着一簇簇吹进来的隔热材料。这里能看到立柱，托梁和管道。“看看这个，”她说，然后给我看她是如何搭了一个内藏滑动门的框架，门上面还有一个架子，“可能放些植物，还没想好。新的浴缸会放在那里。”她指了指窗户下面的角落。

“马桶放在那。我今天刚把淋浴间的框架搭好。”

她说她刚开始在地板底下加上新的托梁，加固浴缸下面的区域，支撑更多的重量。深色的旧木地板下面紧紧钉着几个新的 2×10 木条。

“底层瓷砖？”

“我给足够多的卫生间铺过底层瓷砖了。但我还是决定不了用哪种。”

她拿起一块 4×4 的奶油色瓷砖。“这个贴在墙上，”她说，“实际上，我很高兴你提醒了我。”

我跟着她走进大厅，她倚在两箱 12×12 的瓷砖上。她从每个箱子里都抽出几个铺在地板上，问：“你更喜欢哪个？”

其中一套是单调的冰灰色，毫无生机，让人觉得寒冷。沐浴之后赤裸的双脚并不想接触到这样的瓷砖，另外一套是沙子的浅棕色，和我第一天工作的建筑师家浴室的瓷砖很像，瓷砖上面有白色的条纹和暗色的斑点，每一块都不尽相同，比第一套瓷砖要温暖很多。

“选这个，毫无疑问。”

“是的，我也倾向于这个。”

“艾米丽做好心理准备了吗？”我问她，我知道她为了弄个新卫生间的事情已经央求艾丽米好多年了。

“她现在还不能看这里。”我知道她什么意思。艾米丽看这里的时候，她看到的是混乱，是毫无头绪，是固定住的木板，没有墙壁，没有地板，只有管道和电线。很难想象这里还能重新变成一个房间。然而在一切成形之前的这一刻，我能看到。我能够想象出它的模样，我在脑海中飞快地过了一遍所有的阶段，一层一层堆积起来，直到这里看起来像是个卫生间。

我感谢玛丽让我用她的工具，还有在我做书架遇到麻烦的时候她能远程提供支持。她摆了摆手说道：“小意思。”

“说真的，玛丽，谢谢你。”我希望她能明白我要感谢的并不仅仅是她借给我工具。

“什么时候你想自己单干了，就去吧。”她说。

约拿到我父亲家里帮忙做书架的时候，我就承担了队长的角色，我告诉他怎么用气钉枪，怎么把窗户镶边撬下来，怎么用水平仪。他学得很快，我们是一个优质高效的团队，我很吃惊，我们竟然能够以这种方式合作。在教别人的过程中我开始意识到，我了解这个工作了。但是要告诉玛丽怎么做？没门。

“需要我帮你铺瓷砖的时候打给我。”我说。

我往外走的时候在大厅撞到了艾米丽。

她凑过来压低声音对我说：“她很高兴你做书架的时候能帮上忙。”

我的脸一下子红了。

“是的，我说真的呢。她真的很喜欢，每次你问问题都让她很高兴。”

我没料到自己会突然喉咙一紧，满脸发烫。我试着平复情绪，我不想让她看到我流下眼泪，我又感谢了艾米丽，告诉她我有多么高兴能够得到帮助，如果没有玛丽我肯定没办法搞定。

她凑得更近了一些，对我说：“今天是她的生日。”

我回到浴室，在门口探着头。玛丽坐在一张胶合板的边上，双腿在地板下面的空间来回晃荡。带着羊毛帽子的她看起来像是一个小孩子。

“生日快乐！”我轻声对她说。

她转过身笑了起来：“她告诉你的？”

我点头。

“快走开啦，把这个弄完然后我们就能出去吃晚餐了。”

相视一笑后，我朝外面走去。客厅天花板上蓝色的油漆工胶带还粘在那里。以前烟囱在的位置还是个窟窿，上面仍旧盖着一块胶合板。

我从后面的楼梯爬下来，泥浆的碎片在脚下咯吱作响。外面的垃圾堆让我觉得舒服，木头和金属，碎瓷砖，隔热材料的样品，门铰链，锯木屑，泥土，所有的东西都裹在蓝色的大油布下面，铸铁浴缸的碎片固定住油布的位置。我想象着来年春天拆卸工把垃圾装到大卡车后面的画面。他们呼啸着离开，把垃圾埋在某个垃圾坟墓之后，这里的垃圾堆就会重新长出来，一袋又一袋，一个木板接着一个木板。

工作的内容千变万化。我们在别人的家中进进出出，一个房间变成了不同的模样，虽有改变但保留了精华。散落的瓷砖变成了地板，木板变成了架子，木头变成了墙壁，地方变了，家变了，天气变了，我们变了。

我们怎样决定什么才是生活中正确的事情呢？这个问题答起来永远不会变简单。如果我们足够幸运，足够专注，这里、那里的碎片会开始拼合在一起，某些部分移动到正确的位置，紧紧贴合在指尖的皮肤下面。有那么一刻，水平仪的气泡下沉移动，显示出你已处在正确的位置，你意识到自己是谁，意识到自己成为什么样的人，以及你正变成什么样的人。

我站在玛丽家前面的车道上，抬起头从房子的一层看着二楼浴室的窗户。灯闪了一下亮了起来，不一会儿里面传来了锤头的声音，那是玛丽在楼上挥舞着锤头。

我钻进车里，依旧能听到锤头的撞击声。虽然外面很冷，但我还是摇下车窗，这样在开出这个街区之前我都可以听到这声音。

我在街角高大的砖石教堂前面停下来。撞击声在傍晚的空气中回荡，还有三下。砰，砰，砰，钉子穿过了木头。绿灯亮了，我转弯开车回家，在公交车的呼啸声充满耳朵之前听到了最后一下撞击声。

锤头的声音在那之后一直回荡在我的耳畔，回家的路上我一直都听得到。

后记

剑桥的春天到了,上周我和玛丽在一个退休的社会学教授的小办公室里,砰砰砰地铺上新橡木地板。重新开工的感觉总是很好。花费了几个月写完这本书后，我从公寓里走出来，从脑壳里跳出来，把斜切锯装到玛丽的面包车上，感受它在我手中的重量，重新熟悉撬棒的力量，这些都让我感觉更好。

早晨起床的时候，我的肩膀和腿能感受到它们所做的工作。收工回家的路上我又饿又累，夜幕降临前日光依旧明亮，高兴地看到土壤里伸展出五颜六色的番红花。

休息的时候,我做了一些桌子,大的小的都有。每做一个我都有进步（其中一个长桌是我送给弟弟的生日礼物，虽然好用但是比较粗糙），每做一个，我都学到一些以前不知道的东西。但是做桌子带给我更多的并不是进步后的满足感，而是让我知道要学的东西还有多少。

面对需要学习的东西、需要进行新的尝试可以让人意识到时间的存在和流逝。桌子立在那里。它们很好看，也承担了桌子应有的作用。但是我不知道的东西还有很多。

和玛丽一起工作五年之后，我依然觉得这份工作很新鲜。我想，一部分的原因正是来自那些有待我们去学习的东西。

诗人乔恩·考特纳曾引用过一句韩国谚语：“知道路怎么走，别再看了”。我想，这句话并不是让一个人迷失自己，而是督促你保持清醒，保持专注，即便在时间和经历让我们变得迟钝的时候依然保持警醒。兴奋源于未知，源于不断发现，源于冥思苦想后得到了一个答案。那么多未知的东西会令人气馁，但也让人振奋。现在，我很满足自己能够继续犯错，不断尝试，把事情做得更好，把事情做对。

通过做每一张桌子，垒每一堵墙，铺每一面地板，每一套书柜，我开始意识到，终有一天这一切都会分崩离析。在我们的有生之年，或在我们百年之后，这些墙壁、地板和架子将无法发挥曾经的作用。木头会裂开，会腐烂，可能会被当成柴火，可能会被拿去换一些新的模型或者被扔到垃圾堆里，变成木头片，锯木屑，最终消失。使用和时间磨损了它们，这是它们的宿命，也是我们的宿命。有时候我会禁不住想——我把手放在打磨光滑的黑色厚核桃木木板上，我感受到那里的震动，我看到像星系一般旋转的纹理，我想到做成这块木板的那些树木，它的根在岩石下展开深色、温暖的脉络，它长长的树枝，还有它羽毛形状的叶子，在风中时而摇摆时而静止。而此时此刻，它在我的手中，被拼接，黏合，夹紧，变成了一张桌子。一个东西变成与从前不同的模样。

“曾经的东西已经不再，”奥维德写道，“曾经不在的东西变成现实。更新是时间的命运。”毕竟，我们都处于未完成的状态。

我和玛丽又接了一个大项目，下周开始翻新一个厨房，做起来不回轻松。

“这个周末做点俯卧撑吧。”周五下午和玛丽分开的时候她说。所以，我就做了俯卧撑，准备迎接这个项目。

⊙很开心这本书能够与广大中国读者见面，也很荣幸自己的书能拥有如此精美的装帧、漂亮的封面和版画插图。我对这一切都充满感激，希望中国的读者朋友们可以尽情享受这个故事，这个鼓起勇气挥别旧日、步入另一种人生的故事。

⊙谢谢你们！

——尼娜·麦克劳林

图书在版编目（CIP）数据

木匠手记 / (美) 尼娜 · 麦克劳林著 ; 杰西赵译 .
－北京 : 九州出版社 , 2018.4
ISBN 978-7-5108-6942-6

I. ①木… II. ①尼… ②杰… III. ①散文集－美国
－现代 IV. ① I712.65

中国版本图书馆 CIP 数据核字（2018）第 083194 号

First published as a Norton paperback, 2016
This edition published by arrangement with W.W.Norton & Company, Inc.
through Bardon-Chinese Media Agency
版权合同登记号 图字：01－2018－1126

木匠手记

作　　者	(美) 尼娜 · 麦克劳林　著　杰西赵　译
出版发行	九州出版社
地　　址	北京市西城区阜外大街甲 35 号（100037）
发行电话	（010）68992190/3/5/6
网　　址	www.jiuzhoupress.com
电子信箱	jiuzhou@jiuzhoupress.com
印　　刷	北京荣泰印刷有限公司
开　　本	880 毫米×1230 毫米　32 开
印　　张	7.75
字　　数	110 千字
版　　次	2018 年 8 月第 1 版
印　　次	2018 年 8 月第 1 次印刷
书　　号	ISBN 978-7-5108-6942-6
定　　价	45.00 元